靜墨齋文集

陳玉琳　著

▲ London Bridge在美國

▲ 沙漠中的奇蹟（Bellagio門前水舞夜景）

▲ 沙漠中的奇蹟（胡佛水壩）

▲ 以文會友——大陸行報導之四（作者在上海中國作協花園中留影）

▲ 沙漠中的奇蹟（德州郊外空曠原野彩繪的廢棄舊車）

▲ Kartchner Caverns State Park
（岩洞外花園中仙人掌花）

▲ 洛陽水席（牡丹燕菜）

◀ 山水花間麗江遊（麗江玉峰寺全球第一樹「萬朵山茶樹」）

序

玉琳出書，要我為序。我上網查「序」的定義：

百度百科說「序」，又名「序言」「前言」「引言」，是放在著作正文之前的文章。作者自己寫的叫「自序」，內容多說明它的內容，寫作緣由，經過，旨趣和特點；別人代寫的序叫「代序」，內容多介紹和評論該書的思想內容和藝術特色。

玉琳來信說，「請妳為我寫序，我所選出的四十多篇散文，大多已在空小網站刊出，還有一些早期習作。……若獲贈序文，將使此書更添風采。」

十一歲認識玉琳，從小就看過她很多文章，對這本書中的四十多篇散文，不陌生。可是，要我評論此書的「思想內容和藝術特色」，那真是強人所難，我不夠格。但是，老友相邀，盛情難卻。我想，談談我所認識的作者，讓讀者從另一個角度切入，也許更能感受與欣賞作者文章的內涵。

玉琳與我是小學五，六年級同班同學。那時，她很瘦，算高，人前不講話，不出頭，所以老師打人的時候，一定沒有她。放學了，她總是匆匆的往家趕，因為她要回去照顧她小妹，她還要做許多家事。我沒有弟妹，放學後也不用立刻回家，我就跟著玉琳回她家，幫她做家事，管她那愛哭的小妹！從小，我就佩服玉琳的耐性。她能不厭其煩的哄著她小妹，一下子背著，一下子抱著，還要一面做家事……可是那嚎啕之聲，總是急急如令，絲毫不放鬆，絕不妥協。

玉琳的父親，瘦瘦高高，文文弱弱，寫得一手好毛筆字。我一想到陳伯伯，就想到他孤寂的坐在書桌前，低頭書寫的身影。玉琳受他的影響至大，從小就在文字堆裡來去。她體念陳伯伯的心意，乖乖的唸書寫字，和陳伯伯一起與老古人唱和。可是，這美好的畫面，老是被那小妹嚎啕之聲破壞。另外，每天的柴米油鹽，更是忙壞了這父女二人。水龍頭下，小鋁盆裡，幾片青菜，玉琳的小手，忙著片片沖洗。陳伯伯那端爐火正旺，等著玉琳下鍋哪——小妹那肯合作?!非哭得雞飛狗跳不可！玉琳幾頭忙……結果，我常常是那個落荒而逃的人！

小時候在班上，玉琳應該算是好學生，就是那種不惹禍，不出頭，沒有聲音，乖乖聽話的學生。因為她說，如果不乖，被她老爸知道會傷心！我很感動！所以，我就義不容辭的代她出頭，惹禍之後，幫她扛。玉琳的國文比算術好，雞兔同籠與流水問題都是令我們頭痛之事！她的週記本總是乾乾淨淨，整齊的小毛筆字，起承轉合的記事與敘情。而我的週記本總是用掃帚亂飛幾筆，交差了事。十一，二歲時，我就看出玉琳對國文的認真，也看出她對她家的承傳，有一種發自內心的驕傲。

一甲子前，我們的父母由中國各地流落台灣，我們就出生在這個大動亂的時代。在岡山的竹籬圈裡，各家都卑微的生活著。我們的父母沒有因為離鄉背井，而忘了怎樣教養我們。他們秉持著中國的老規矩，讓我們敬天憫人，恭謹的活在那狹窄的天地之間。竹籬圈雖小，物質生活雖欠缺，他們守住老傳統，要我們向上的心，是圈不住的！玉琳忙在父親與妹妹之間，一路成長。如願進了師大中文系，從此真的逃不出「之乎也者」了！大學畢業，玉琳成了國文老師，當然天天都離不開中國文學。

匆匆幾十年過去，再見玉琳，是一九九六年。玉琳帶著十三歲的女兒與溫厚的洋丈夫，到馬里蘭來相見。三天裡，除了吃喝，除了遊華盛頓，我們就一起敘舊。眼淚流不完，有高興的，有悲傷的，有感動的，有生氣的……白天時間不夠，我們夜夜秉燭而談。淚光中，一幕幕童年，一篇篇故事，岡山的竹籬，父母暫居的狹窄空間，其中的人、事、地，成了我們思念的溫暖故鄉。

玉琳揮別了我，然後，她一路由美東搬家到德州，雖然嫁了個洋丈夫，可是玉琳領著頭創業，不怕吃苦，不怕艱辛，她兒時的堅忍性格，一一陳現。偶爾，我們通電話，仗著早她來美二十年的資歷，我總是不斷的叮嚀，怕她不懂美國人的行事風格，怕她吃虧。玉琳中年至美創業，每日辛勤工作，出貨進帳，商業貲珠，卻沒忘情中國文學。百忙中，她總是能抽出時間，教中文、寫文章、參加華文作家協會各種活動，令人敬佩。

過去這幾年來，玉琳女兒大學畢業，獨立自主，玉琳開始真的享受生活。她多次到中國大陸各地旅遊，每到之處，總以生花妙筆，介紹當地人文歷史，風俗習慣，名勝古蹟等，貼在咱們小學同學會網站上，和大夥分享。她不再是一個不說話，不出頭，沒有聲音的人。生活與歷練，讓玉琳高高興興的和老朋友一起分享她內心的感受。

玉琳這本書的背後，有令人心酸的世代，有感人的故事。在這令人心酸的世代中，有一個小女孩，歷經千辛萬苦，在人生的道路上，帶著父親的期許，一步一步努力的往前走，不管是在台灣，或是在美國，她心中永遠響著老祖先，由浙江餘姚發出的幽長唱嘆，隨著她的筆，揮出一篇篇文章，說那說不完的故事，道那道不盡的傳承。

玉琳出書，為她驕傲！我想最高興的，大概是黃泉下的陳伯伯！有女如此，「父」復何求?!

是以為序。

張琦
二〇一〇年一月三十一日美國馬里蘭州

自序

我是父親40歲以後才得的長女，自幼受到酷愛文學的父親所影響，也喜好文藝。

學生時代；閱讀使我成長，寫作磨練我的心性，讀讀寫寫成了我的生活模式。書中的世界寬廣，啟迪我思緒，也沉潛我情志，一路走來，書本與紙筆使我生活豐富又有趣。

移民來美後，異國風情使我筆下的篇章更為豐富，無論安居家中或出外旅遊，眼見與耳聞都常觸動我的文思，提筆記下心中所思，是一種生活方式，更是一種情感的寄託。

如今兒女都已成人的我，生活重心只需悠閒的過好每個晨昏。感謝父親，在我年幼時為我的靈命中灌注愛好文藝的幼苗，使我幼有所學，長有所用，老有所依。我的餘生，也將因為閱讀而充滿喜悅，更因為習作而深感富足。

在台灣；父親替我的書房命名為〈靜墨齋〉，我的書桌倚窗而設，每當夜深人靜，正是我批改作業或溫書備課的理想時間。累了就抬頭仰望星空，倦了就閉目養神。無論晴雨寒暑，這間書房都是我靜心接近文墨的處所。

如今我的書房窗戶朝東，每天清晨起床後；我總是先到書房打開百葉窗，讓陽光進入屋內，我的一天就由此開始。十多年來，我寫作的工具由紙筆變為電腦，但書房仍是我靜心閱讀與寫作的源頭，因而我將自己的第一本書命名為《靜墨齋文集》以紀念父親。

本文集依照我寫作時間順序排列，全都是我移民來美後的作品，內容包括我的異國婚姻生活，旅遊雜記，與懷舊之作等。

生活中處處有美，認識美是一種幸運，珍惜美是一種福氣，提筆寫出美好的大千世界是我的理想。這本書能順利出版，要感謝許多人；除外子的支持與兒女的期待外，老友與文友們對我的鼓勵更是居功厥偉。

特別要感謝張琦老友，她不但是我兒時的玩伴，更是位難得的益友。自我移民來美後，她對我時時關心，處處鼓勵，前幾年我得知她勤練小楷以修養心性，我對她的學習精神甚為感佩，更喜愛她靈秀的字跡，特請她贈我墨寶作為本書的封面，並請她寫序文，為本書增添風采。特此申謝！

陳玉琳

二〇一〇年一月十六日於美國達拉斯

目次

化短暫為長久

我從來沒想過，一盆粉紅色的鬱金香會牽動我心靈深處的這番感觸。

一九九三年一月十六日，我與美國籍的外子在台灣結婚，婚後我仍留在台灣工作，他也於兩週後返美。此後他來我往了超過兩年，我才結束了台灣的工作；正式移民來美與夫團聚。就在我們第三個結婚紀念日那天，我在社區的學校裡，收到外子請花店送來的兩打鮮紅色玫瑰，當時我愣住了，心想：洋夫婿就是不一樣，竟選擇如此浪漫的方式，來慶祝我們相聚在一起的第一個週年紀念日。

望著那半吐半放的花朵，我完全陶醉了，這時我只覺得自己是世上最幸福的女人。老師與同學們都發出驚訝的讚美聲，其中一位同學卻問道：「你們結婚多久了？」我說：「三年了。」她說：「才三年啊！難怪。」她是面帶笑容的說著這些話，聽在我心裡；卻從陶醉的世界中清醒了過來。雖然說結婚已滿三年了，但我們真正相處在一起的日子才不過半年，我與他過去都曾有過不愉快的婚姻，此次再婚，又是異國通婚，誰敢肯定未來會如何？會像這盆嬌豔的玫瑰一樣，在盛開數日後就逐漸枯萎凋謝呢？還是會像這盆玫瑰；最初映入我眼簾那種感覺一般，永遠的光鮮亮麗呢？

好快！一年又過去了，今年紀念日的前兩週，我就開始留意花店的花了，一直愛花的我，希望在這一個值得紀念的日子再度來臨時；我能把家裡每個角落都佈滿自己喜愛的花。外子在一週前就已送了一份禮物給我，並囑咐我去買一些自己喜歡的花。週年紀念的前一天傍晚，我一連跑了三家花店，看來看去還是最喜歡玫瑰，就在我伸手要去拿那一大束火紅色玫瑰時，忽然一個念頭閃入腦際——再新鮮的花朵也會在數日後凋謝，如果能選一盆喜愛的盆景，不就能把美好的感覺留得更長久一些了嗎？於是轉身在盆栽區內找尋我的最愛，我發現在擺滿了鬱金香的台子中央，有一小盆由粉紅色包裝紙所包裹著的盆栽，深深地吸引了我，我肯定這盆鬱金香日後至少會開出四朵美麗的花，於是就毫不猶疑地買下它。

滿心歡喜的回到家中，將它放在客廳中央的茶几上，我蹲下身來仔細端詳，只覺得這是一盆經過耐心栽培與巧手包裝的盆栽，如今來到我們這間舖著淺灰色地毯的客廳中，客廳內那張淺灰；粉紅色相間的沙發，彷彿就在等著它來襯映。那略為褪色的粉紅色椅墊，在兩朵含苞待放花朵的襯托下；顯得明亮許多。花莖的綠帶有一層粉色，與淺灰色椅墊相映襯，給我的感覺是——它好嬌嫩，我要細心照顧它。天色逐漸昏暗，我扭亮廳內一盞較柔和的燈，淡淡的燈光灑在花瓣，花莖與包裝紙上，美得令人凝神貪望，外子回來也不禁讚美著說：「什麼花？好美啊！」

第二天，一睜開眼，外子就摟著我說：「Happy Anniversary！」我也好滿足的靠在他結實的胸前，心想：這種感覺真好。夫妻間的感情需要雙方共同來維繫，我兩都曾在過去的感情生活中有過「刻骨銘心」的痛，但仍覺得有伴勝於獨處，因此「勇敢」的選擇再婚。如今四年了，不論是過去兩年多的兩地相思，與如今的朝夕相處，我都能覺察到彼此非常珍惜這段得之不易的異國情緣，日常生活中雖然偶有歧異，也都能在坦誠溝通後使情感愈來愈融洽。

起身走到客廳，發現茶几上的鬱金香又增添了些許粉紅，原來昨晚含苞待放的兩朵幾乎已全開。另外兩朵也急於擺脫花苞的保護，探露半截花身。更意外的發現：還有兩枝花莖上也出現明顯的花苞，如此看來，這盆鬱金香盛開時可能會有六朵花，那一刻我的心情真是喜悅至極！

忙進忙出大半天，正午時分我發現這盆鬱金香又起了極大變化，原來今晨才發現的兩個小花苞，也不甘示弱的突破保護層，露出花瓣。其他四朵則已完全盛開。怎麼會變化得如此快呢？想必是屋頂上的兩個天窗，引進大量陽光，溫暖的室內加速了花兒綻放的腳步。

當晚與好友在電話中談起我今天「賞花」的心情，她卻不以為然的說道：「這種花太嬌貴，最多一星期就會凋謝。」當然任何花都會凋謝，但我深信妥善的照顧，會讓它們的壽命延長。其實世間的許多事何嘗不是像花一樣——會開會謝——譬如夫妻間的感情，濃得化不開時像盛開的花朵。因意見不合而離異的夫妻，就像是提早凋謝的花朵。所不同的是：花謝了大多化為塵土，即使有少數被做成乾燥花，但風格與意氣是絕對與鮮花有別的。而夫妻間的感情；若能得到雙方用心的維繫，不但能開花結果，更能長長久久，如何化短暫為長久？全靠雙方共同努力。

註：這篇文章是我在一九九七年寫的，經《世界日報》刊登在七月二十九日的〈家園版〉。而我與外子是在一九九三年結婚。

▲ 作者與洋夫婿在雲南玉龍雪山下合影

失落的同時

人的心情是最奇妙的，在許多事情未發生時，人的情緒往往都難以預測。

四月四日清晨，我尚在睡夢中，即被外子的喊叫聲驚醒：「有人進入我們家，妳的車子也被偷了。」我從床上驚跳起來，哭不出來，但感覺到全身在顫抖。

很快的檢視一番，一種更悲痛的感覺油然而生，我放在椅子上的手提包也被偷了，裡面有一枚結婚戒指，一枚玉蟾蜍戒子，及一塊有紀念價值的玉佩，其他被竊的還有掌上型電腦和錄影機、衛星收視器等。在所有失物中，最讓我痛心的當然是

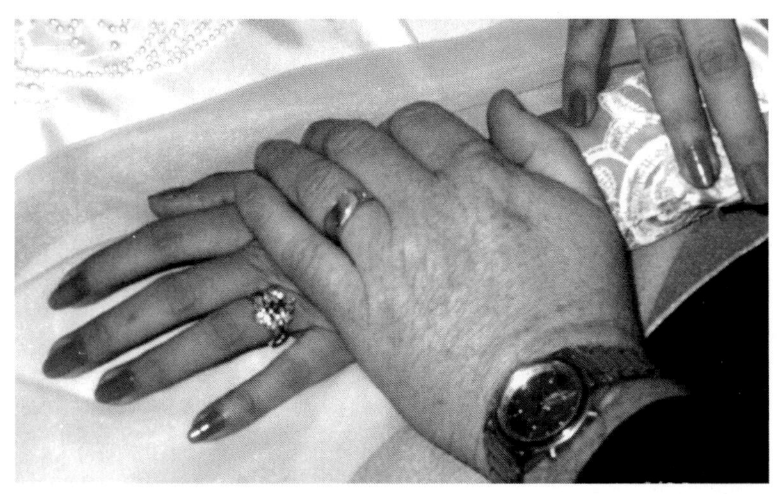

▲ 作者與洋夫婿兩人的結婚戒

那枚以祖母綠為中心，鑽石圍繞四週的結婚戒指。記得八年前那場中美聯姻的喜宴，也因這枚極有特色的戒指而更添光采。當時外子請人為我及他的結婚戒指拍了張我兩緊握雙手的特寫，如今這枚戒子遭竊，我心中的悲痛，絕非保險公司的補償金所能彌補的。

家中遭竊的第一天我沒哭，但卻深深的感覺到欲哭無淚的痛苦。第二天早上開著那輛保險公司給付的租車去上班，才發覺自己是多麼想念那輛被竊的新車，淚水禁不住的流了出來。

更難過的是思念那枚被偷的結婚戒指，幾番沉澱思考，終於歸納出心痛的真正原因，絕非心痛那鑽戒的價值，而是想到這枚戒指的代表意義。那是當時外子以幾乎全部積蓄買來的，他向我求婚，為我套上戒指的那一幕，我永難忘懷，因從那時起，兩個人的心緊緊繫在一起。婚後兩年我們雖分居於台、美二地，但二人一直心心相印。

我移民來美後，二人辛苦經營小生意，家中經濟狀況逐漸改善，但二人每天早出晚歸，談不上幾句話，彷彿感情不如以往那般濃厚了。經過這次失竊事件，我深深的感覺到，我是多麼地愛他，愛他給我的一切，捨不得失去任何一樣他給我的東西。

想到這；我的內心有無限的衝動，只想緊緊的抱住外子，因那一刻我發覺我對他的感情竟是如此的濃，也就在此同時，我不斷的感謝讚美主，因為藉著這件事，我又再度體認到夫妻真情的可貴。

如此說來這枚戒指的象徵意義大於一切，而我也意識到這次失去的是有形的戒指，卻重新感覺到那分深藏在心底；幾乎已被塵封了的感情。同時我也感覺到，情緒的起伏，心情的悲喜，有時並不需刻意的被壓抑，也許經由良性的整理情緒，會發覺一些意想不到的收穫，如此說來又何必太執著於不悲，不喜呢！因為畢竟人是感情動物。

二〇〇一年八月十日刊登於《世界日報》家園版

Angel Tree

隨著聖誕節的腳步逐漸地接近；Mall裡的Angel Tree又再度出現了。二年前我對這Angel Tree還不甚了解，自從去年Angel Tree就設在我店的門口，我才開始對它有所認識。

這是一個由Salvation Army（救世軍）所設立的工作站，一棵約六呎多高的人造聖誕樹上掛滿了三英吋寬十英吋長的紙片，紙片一半的部分，印著一個頭帶光環正在禱告的小天使；另一半則印著一個希望得到一份聖誕禮物的孩子的各項資料，包括：名字、性別、年齡、所穿著衣、褲、裙子及鞋子的尺寸。事實上紙片的最下端印的是一種需要（Need）和一個渴望（Wish），多數的孩子需要衣、褲、鞋子及大衣等生活必需品，而許多孩子所渴望得到的都是玩具或遊戲卡片。

由於這只是一個工作站，工作人員唯一與外界聯絡的方式就是使用手機，當他們的手機需要充電時，就會借用我店裡的電源，因此我們常有交談的機會。工作人員告訴我，所有需要禮物的孩子們的資料均來自學校及社工人員的提供，當然也經過一番調查，確認這些孩子是需要幫助的。去年九一一以後，美國國內出現了難得一見的團結，許多鮮少參與社會救濟的人士，也發揮了愛心，使這個工作站創紀錄的大豐收，比預期的時間提早了約一個星期就募得了所有孩子的禮物。今年的情形似乎有些相反，許多家庭都受到裁員的影響，需要救濟的孩子更多了。

工作站設立的這段期間，我常看到許多父母，帶著孩子來到樹前，和孩子們一起討論紙片上的內容，然後取下一張紙片，由工作人員登記後，就去購買這孩子想要的禮物，再送回工作站。這過程，似乎是以具體的行動，去教導孩子要惜福，要學習著與人分享。

一位在我店裏工作的太太，拿下一張紙片後，對我說：「真有意思；有些孩子還指定要某個牌子的卡帶或玩具。」我回答說：「哪個孩子沒有夢想呢！」我也覺得任何一種有意義的善行義舉，對受惠的那一方都可能有難以估計的長遠影響。這使我想到一則真實的故事。

一九九五年我住在Ohio一個美麗的小鎮上，小得在地圖上都不易找到的地方，卻讓我遇到了一位與我成長背景相同，來自台南空軍眷村的女孩。我們一起在同一所社區大學裏選課，中午午餐時，我倆總膩在一起，以熟悉的「母語」暢快的交談著；她比我小二歲，是一位虔誠的天主教徒。有一天，她對我說：這輩子她除了感激父母及一些對她有助益的身邊人之外，還感激一位連她都不認識的善心人。她說：有一年家裏窮得幾乎無法為唸中學的她與姊姊繳學費，這時母親卻從教堂領回了一件救濟品——大衣，伸手往口袋裡一摸，居然有一枚銀質的戒指，母親典當了這枚戒指，解決了姊妹倆繳學費的問題。她說：這枚戒指不知道是有心的贈與，還是一個「溫馨」的意外？但卻成就了她這一輩子對人、對事無盡的愛。

記得小學三、四年級時，我也曾跟隨鄰居的媽媽們到教堂去領過一些衣物及麵粉、奶粉等食品。有一件棗紅色黑格子的大衣，曾在那段物質匱乏的時期給了我許多的溫暖。我拿到這件大衣時，完全不合身，只能當它是小被子一般的披在身上，或在夜讀時蓋在膝蓋及小腿上保暖；二個口袋上有二枚與黑棗一般大小的釦子，常是我思考時把玩的物件。等到我能合身的穿著它時，已經有多處起了毛邊。轉眼四十年過去了，這件大衣在我印象裏，仍舊是那麼清晰。想到這，不禁走到Angel Tree前，取下一張紙片，又到了我圓一個孩子夢想的時刻了。

後記：

十一月十七日就已經寫完了這篇文章，但一直猶豫這種體裁的文章，是否值得在網站上張貼。這幾個星期不斷的聽到幾位朋友及老客人，都因公司裁員而失業。整個經濟環境顯得甚為蕭條，而這棵Angel Tree卻是一天比一天興旺，每天都有數以百計的善心人，交回那一袋袋裝得滿滿的孩子們的希望與夢想。在他們的臉上，我見到的是平實而認真的表情，每個人都覺得是在做一件該做的事。我甚為感動，只覺得任憑大地再寒冷，這世上永遠都有人願意將溫暖送給需要的人，也就是基於這份感動，我將這篇文章修訂後，公佈出來與大家分享。

二〇〇二年十二月九日於達拉斯

雨中行；石頭情

我愛下雨天，不僅是因為喜愛雨後的一番新綠，更因為我童年的最愛，是一種在雨後才能尋找到的小白石頭，這種小白石頭經雨水沖刷以後，晶瑩剔透，兒時鄰居的姐姐告訴我，這種石頭叫做「亮冰石」，每當雨後，我就會與玩伴們一起在路上找尋這種亮冰石，實際上是在雨尚未完全停歇的時候，在毛毛細雨中，我與玩伴們就已開始一起撿拾亮冰石，像尋寶似的尋尋覓覓，在那個年代，幾粒亮晶晶的石頭，就夠我們把玩好一陣子了。有時大家聚在一起交換各人的寶物，樂趣無窮，如今回憶起來，依稀能感受當時的興奮之情。可惜那段日子並不長，門口的石子路不久就變成柏油路。

雖然不能再撿拾亮冰石了，但我仍愛下雨天，尤其是迎著牛毛細雨在雨中行，有一種說不出的暢快，雨絲柔柔的打在肌膚上，似乎能觸動我身上每根神經，使它們都活躍起來，經過雨絲的滋潤，心情會顯得異常興奮。愛雨的個性，似乎反映著我個性中憂鬱的一面，多愁善感的性情常盼望雨水來沖刷淋灑一番，因為有時候雨水能洗去我心頭一些莫名的憂鬱。

雨總能給人無限的清新感，可能是因為雨水有刷洗的作用，人生在世總難免會惹上一些有形或無形的塵埃，我藉著聽雨、看雨或雨中行，使生活常保清新，這大概是我一直愛雨的原因吧！

中年以後的我，歷經了生活中各種不同程度與層次的衝擊，生活不再如兒時那般輕鬆，但仍然愛雨，只是在雨中尋找那份感受的心情較以往更沈重了。

一九九二年的暑假，二位大學時代的好友與我帶著孩子們，一起去遊尼加拉瀑布，當時的護花使者，就是剛認識的外子。大伙住進旅社後天已漸黑，經過了一天的舟車勞頓，大家都累了，我們這位護花使者卻遊性大發；來敲我們這群女眷的門，大伙有心撮合我倆，鼓著我們去散步。入夜後的瀑布邊上，仍能感受到如細雨般的水霧，他牽著我的手，邊走邊對我說著有關尼加拉瀑布的故事。夜漸深；霧氣更加凝重，但依稀能看到天邊月暈，我們來到一處高地，外子為我說起印地安傳說中有關月亮的故事，又向我詢問中國古老月亮的神話，如此一來一往，我們的談話有了交集，我發覺他熱愛古文明，這點似乎觸動了我心靈深處的思古悠情，更發現他對任何一種古文化都有著難得的一份尊重與熱愛。就在這次的雨中行後，我們開始有了進一步的交往，那晚分手前，他從口袋中取出了一粒晶瑩的黑色石頭，有姆指般大小，他對我說印地安人稱這種石頭為「Worry stone」，當人有煩惱時，用手指搓搓它，煩惱就會消失了，不管是真是假，我喜歡這種傳說，收下了這份特殊的禮物，冥冥中的一段石頭情就此展開了。

後來才知道，地質系出身的外子，愛石成痴，也許因為我也愛石頭，二人的興趣也有頗多相同之處，這位喜愛古文化的西方人，終於選擇了我這位來自東方古文明的「古董」，做為共度晚年的伴侶，如今十七年光陰在眨眼間就過去了，二人的相知相惜，使我們更確切的相信，當初彼此的選擇都是對的。

十多年的時光忽悠而逝，世間事有變也有不變，我對雨仍然鍾情，只是看雨與聽雨的心情，比十多年前輕鬆多了。成年以後每次雨中行，總不忘低吟蔣捷的「虞美人」：

少年聽雨歌樓上，紅燭昏羅帳。
壯年聽雨客舟中，江闊雲低斷雁叫西風。
而今聽雨僧廬下，鬢已星星也。
悲歡離合總無情，一任階前點滴到天明。

這些年的雨中行，我也將與雨結下的情緣，組成了以下的這首長短句：

幼年聽雨陋簷下，難忘冰石尋。
中年聽雨層樓間，滄傷歷盡仍盼驀然情。
如今聽雨異鄉居，情已悠悠然！
白雲蒼狗總如是，喜怒哀樂豈在點滴間。

二〇〇三年元月初稿，二〇一〇年元月修稿於達拉斯。

☆僅以此文紀念與外子十七年的異國姻緣！

知性與感性的荒漠之旅（一）

從十九歲踏入社會半工半讀以來，至今已有三十多個年頭了，這期間我未曾間斷的工作著，所幸將近十七年的教書生涯中；每年還有大約三個月的假期，如此說來我的工作時數還不算超飽和，但長久以來；當我遇到某一種心儀的生活方式時，我總是告訴自己；等我退休後我要過這種生活。等我有空時我要去做這件事。潛意識裡似乎在告訴自己，目前的生活方式並非令我十分滿意，而我也一直在找尋一種真正適合自己的生活方式。

今年一月底至二月中旬，我與外子徹底的放自己一個長假，十八天的時間我們車子的哩程數增加了五千多哩，就在結束旅程時，我悟出一個道理；一種適合我的生活方式可能已被長時間某種工作所定型，那些我所羨慕的不同生活方式；也許並不適合我，明白這層道理後，我更加體會到「理想」與「現實」的距離，因此我會更踏實的行走在現實的路上。至於「理想」它對我不再是一種遙不可及的事物，只是現實社會中另外許多種的「不同」而已。

John 和 Donna 這對夫妻是外子與我的至交好友，他們與外子的交情超過三十年，如今每年雖然只能見上一面，但彼此的情感有增無減，這點可從每次分別時；外子的那句老話看出，每當我們道別時，外子總是會幽幽一歎地說著：「我好恨這個時刻的到來」。

這對夫妻如今過著閒雲野鶴般的退休生活，在亞利桑那州的荒漠中買了一畝地，冬季來臨前；就已將那輛 Mobile Home（活動住宅）駛回亞州的荒漠中，當春季結束夏季到來前，他們已準備好了各項移居的工作，駕著 Mobile Home駛往涼爽的北方去避暑了，這種如「候鳥」般的生活；是許多美國人典型的退休生活方式，看來是多采多姿又愜意的。我們搬來德州前，外子也曾經徵詢我的意見；問我是否也要過這種生活？而我的觀念中一直存有中國人那種「安土重遷」及「有土斯有財」的古老傳統，一心只想守在一塊土地上終老，所以仍決定安份守「土」的住在地上，而非「車」內。但對於這種四處游走的生活方式仍有幾分欽羨，尤其當聖誕季節到來；繁重的工作使我覺得有種不勝負荷之感，這時我常想要退休；去過那種四處游走的愜意生活。

想到每次John和Donna來訪，總邀我們去走訪她（他）們的「荒漠之家」，John對外子說；那兒有一望無際的石山，曾是採金者的樂園，如今他有空時；仍會上山去挖些石頭帶回家去，用儀器測試是否含金？說著就指著Donna頸子上掛著的一塊小拇指甲蓋般大小的金塊，他（她）們所要展示的，不是金塊的價值，而是另類生活的成果，這點情趣觸動了愛石成癡地質系出生外子的遊性。Donna也對我說：「琳，你知道嗎？我從未想過；荒漠中還會有讓人難忘的美景，我曾經在清晨日出時分，見到道路上一片如夢似真的綠，在晨曦的映照下顯得格外耀眼，我幾乎無法相信；這麼美的景緻會出現在荒漠中。此外；我們在院中挖了一個小水潭，初春的夜裡，竟然來了一對好醜好醜的訪客——Toad（癩蛤蟆），牠們的鳴叫聲是寂靜夜晚中唯一的自然之音。第二天晚間大約同一時間，這對訪客再度到來，只是身邊多了一對同伴，我們有些耽心，是否會出現一群這樣的小東西，到時就慘了。還好一直就是這兩對；彷彿會在寂靜的沙漠中生活的小動物，也不太習慣成群結隊的熱鬧景象。」這樣的描述深深地吸引了我，因為這一切是那麼的陌生又有趣。

二月十一日清晨；結束這趟休假駛往回家的路途中，我們決定再度拜訪老友，當車子從十號公路轉入六十號公路時，路上的景象有了明顯的改變。兩旁幾乎沒有什麼樹木了，唯一可見的就是比人還高的各種仙人掌，有的還開著各色鮮豔的花朵，放眼望去只見層層疊疊的石頭山。外子對我說道：「多少年前，在這個國度裡，許多人不願住在濕冷的東北部，於是一步步的向遙遠的天邊走著，期盼能尋覓到另一種生活的空間，這就是早期的西部拓荒者，若干年後的今天，這些人的屍骨已不知在何方？但後人循著他們的足跡；找尋到大片大片的草原，勤勤懇懇地生活在黃金般的西部樂土上，但這些不能滿足人們舒適生活的石頭山，就逐漸被遺忘了，只有一些生性恬淡的人，才會欣賞這裡難得的寧靜。」

聽完這席話，我不由得想到余秋雨的「文化苦旅」，初讀這本書時，我無法體會作者為何要題名「苦旅」，但當我領悟作者的寫作精神後，逐漸發現，他每到一處風景名勝，之所以總能捕捉到名山勝水或群山峻嶺的神韻，就在於他的視野已超脫到人以外的境界，將自己徹底地投置在自然中，雖需經歷常人所無法忍受的「苦寂」，但沉靜下來後，所得到的；也是平常人難得體會的無限甘美。當下的我，可能無法立即將自己的心神完全寧靜下來，但藉著我對「恬靜」的一種嚮往，我想這趟難得的荒漠之旅，應該已有了好的開始。

二〇〇三年三月十四日

知性與感性的荒漠之旅（二）

車子仍靜靜的在馬路上奔馳，但我發現了一個現象，眼前所見來往的車輛，多是那種拖著小轎車的mobile home，可見我們已逐漸接近了目的地——Salome，也就是Mobile Home停駐的村莊。這個地方距離墨西哥邊境的車程不過三個多小時，荒漠中的景象雖然異於一般的大都會；但許多文明生活的必要條件，在此都能找到，除了有水，有電，有郵局，雜貨店以外，也有住家的門牌號碼，許多人家也架有Satelite Dish（衛星天線），可見這些人的生活並未與現代化脫節。

好友的住家在巷子的中間，當初買下這塊大約一英畝的土地時，只有幾棵樹木栽在那裡，如今除了已整出好幾塊可以停放Mobile Home的水泥地外，還蓋了一大間包含衛浴設備的起居間，一個儲藏雜物的儲藏室（Storage），旁邊還有一個大帳棚，裡面堆滿了雜物，Donna告訴我，在他們移往北方去避暑前，總會辦一個Yard Sale（在庭院中拍賣舊物），清理掉一些不常用的雜物，外子對我說；別小看他們在荒漠中的這塊土地，市價並不比我們家的那塊地便宜，再加上這個Mobile Home，他們的家當可比我們值錢多了，看來在這個國度裡，「有土斯有財」的觀念並非完全正確的。

吃完了簡單的中餐，John開車帶著外子與我去找石頭，車行在顛簸的石子路上，我有些頭暈，閉上眼不久，車子就在一塊較平坦的土地上停了下來，下車後所見四面都是石頭山，

John指著遠處一座山頭，對我們說；傳說中很久以前曾有人在附近採到許多金礦，下山後不久因錢財露白而被槍殺，所以至今無人知曉金礦的所在。而我面對此番景色，只感覺到從未與荒涼如此接近，黃金夢與我是陌生而又遙遠的。轉過身來，在一塊平坡上；我們見到十幾個用石子砌成十字架的墳頭，這些墳都是無名塚，John說可能是許多年前採金者雇來的中國勞工，他們死後因無人能正確的拼出這些譯名，因此墳上無任何字跡，我聽後心情頓時沉重下來，心想飄洋過海來到新大陸的同胞；無聲無息的在此終寂，所留下來的只是這一片荒涼中的無限悽楚。

回到車上，又行了一段路，我們來到了一片山谷，谷中有幾個大石坑，每個石坑中都有著不同顏色的石頭，下車以後；只見外子像回到熟悉的家園一般，用眼，用手，用腳，用心，仔細地尋覓著，看得出此刻的他滿足極了。John陪著我站在石坑上，用幾近陶醉的聲調對我說道：「妳聽到什麼嗎？這裡好安靜，我常在日正當中時到這裡來，享受這份寧靜。沉醉在其中，似乎覺得一切都靜止了，我好喜歡這種感覺。」過了一會又說：「有些人喜歡住在豪華舒適的大房子裡，我卻喜歡大自然的風光，人與人的確有著許多的不同。」聽完這番話，剎時間一種頓悟感湧上心頭；不同的人選擇不同的生活方式，有時某種生活方式正代表著這個人的個性，過去的我沒有看到這一點，只以為每一種人都能過自己嚮往的生活方式，現在我覺得想要過某些生活是有條件的。我所指的「條件」，除了極少部分是金錢外，大部分指的是人的個性，也就是說不同個性的人會選擇不同方式的生活。這種頓悟使我內心感到無限的滿足，只覺得我在知性與感性兩方面都往前提昇了好大一步，是這荒涼的景色給我的啟示；或是John的一番話點醒了我，總之我心中感到無比的暢快。

回到住處，天氣已漸漸昏暗下來，我幫Donna 烹煮了一大鍋Chili，那是一種用牛肉末加上青紅椒及各種豆類；所烹煮出來的大鍋菜，配上美式窩窩頭（Corn Bread玉米麵包），熱騰騰的晚餐是在室外吃的，我們圍著熊熊燃燒的大火爐，室外的溫度只有華氏五十度左右，就在這樣的夜晚；我回憶整日的所見與所思，我喜歡這片寧靜，也喜歡這種荒涼，但我更清楚的知道，我並不適合這種生活。這也使我想到了小女兒曾和我分享過一些她的感受，學環保的她在大三那年的暑假，有一個難得的實習機會，是為Idaha州政府做些農地評估的工作，因此許多時間她都在農田中工作，吃住也都在鄉間，幾星期下來，她感到極不適應，覺得她還是比較喜歡都市，離開了人群，離開了百貨公司，沒有電視；電腦的日子還真是不習慣，所以我說；在不知不覺中，大多數人的生活方式，都被自己的個性及生活環境給定了型。不知為何？那晚九時多我就入睡，不同於往日必須躺在電視機前，接受文明產物的催眠，不到午夜是無法進入夢鄉的。

第二天我六點就起床了，因為還是冬季，我並沒有看到荒漠中的日出之美，就如同昨日沒見到那兩對聒噪的小動物一般，但是我這趟荒漠之旅卻得到許多啟示。收拾妥當，與老友話別後，我們向回家的路上奔馳著，一路上我覺得格外的輕鬆自在，我想我已找到了適合自己的生活方式，雖然說工作佔據了我大部分的時間，但在工作中我不斷的學習，也不斷的獲得各種成就感，偶爾放鬆心情度個假，使平淡平實的生活增添些情趣，這種生活我已習慣了，這種生活想必也是最適合我的。珍惜眼前的一切，我就是這世上最富有的人了。

二〇〇三年三月十四日

談「愛」——寫給女兒

在一九九六年搬到德州；開始經營「禮品」生意以前，我從未仔細探討過中西文化的差異。直到有一天，一位面容憔悴的美國女孩走進店裡，失魂落魄般的看著我牆上掛著各式中國結及掛軸，我禮貌地打聲招呼後問道：「需要我幫妳找些什麼嗎？」她說：「妳能為我解說這些字的意思嗎？」這是必然的，於是我一一說明，這個中國結上面寫的是「鵬程萬里」，那個寫的是「馬到成功」，還有福、祿、壽。這邊這個掛軸是一首唐詩，那邊還有一幅「如意」字畫，用英文來說明這些中國典故並不難，難的是這位女子問了我一個問題；她說：「妳說了那麼多，為何沒聽到『愛』這個字，我想買個『愛』字。」這下我傻眼了，那時我店裡真的是沒有任何一件禮品上有「愛」這個字。

從這女子踏入店內，那份失意的神情看來；我直覺的認為，她想找的這個「愛」字，應是「愛情」的愛，於是我向她建議說：「妳看這個『如意』如何？『如意』有心想事成的意思，應該包括妳想要的『愛』吧！」她斷然拒絕了，走出店門時，嘴裡還不停的說著：「我只要愛。」

沒做成這筆生意，我一點都不介意，因為她給我上了重要的一課，已過不惑之年的我，才真正意識到，「愛」需要被說出，寫出，表現出來的重要性。以前我只從書本上讀到；人有「被愛」與「愛人」的天性，而今以後我更該注意到如何具體的去表達「愛」。西方人慣以「擁抱」將「愛」肢體化，以前不覺得它的重要性，現在想來是很有道理的。

說實在的；對「愛」這個字，我曾有一段「徬徨」的日子，特別指的是對女兒的愛，因為我不知如何去拿捏給女兒的愛？給少了不夠；給多了怕變成「溺愛」，更怕她將來太痛苦。我所謂的「怕她將來太痛苦」，是因為1988年我父親的突然去世帶給我的痛苦。父親因腦溢血倒在家中，送往醫院急救一週後過世，這七天中我面臨生離死別的煎熬，是我終生難忘的痛，七天後父親的遺體送往殯儀館，我則因血壓高至180而送到急診室。親人的驟逝是刻骨銘心的痛，使我陷入極度的悲傷，經過五、六年仍無法走出喪親的悲痛，因為父親在陽世未留遺言驟逝，我甚至借助靈媒到陰間去探望父親。

後來我逐漸領會到；自幼喪母的我，老爹父兼母職給了我雙重的愛。三十五年的相依為命，當然承受不起父親的突然離去。而我自女兒尚未滿周歲，就挑起單親家庭的重擔——母兼父職，我該如何做個稱職的「單親媽媽」，首先考驗我的課題就是；我該如何與女兒一起來學習「愛」？

人是感情動物，得到渴望又恰當的愛是何等的幸福！而如何將適當的愛表達出去；恰如其分的愛人與愛物，也是智慧的表徵。幾經思考，我決定先教導孩子以同等的愛去關懷人以外的事物，不但愛小動物，也愛山，愛水，愛自然，我常帶著她旅遊，認識好山好水，以致她從十二歲起就立志要成為「環保尖兵」。

女兒漸漸長大，有許多時間及事件，她需獨自面對，我開始擔心她的安全，卻又不願因過度擔心而影響她的心情。這時我有幸遇到了一位向我傳福音的同事，藉著宗教信仰。我學會了將對女兒的關愛透過禱告傳給上帝，將女兒的安全交在上帝的手中，更將女兒的未來也交給了上帝。如此一來我對女兒的關愛有了另一種表達的方式，而我也堅信女兒在沒有壓力的情形下時時被愛。我想目前的我不再對愛有任何的「徬徨」；我已知道如何適時、適當、適量的向女兒傳達愛——透過禱告！

人生在世，一切對人對事的學習，都源自於家庭，美國前總統柯林頓的夫人Hillary女士在初為人母時；曾對著哭鬧不休的女兒說：「讓我們一起來學習如何做一個好母親和乖女兒吧！」一路走來，愛；生活與學習，一直是我努力的方向。

二〇〇二年十月三日於德州

尋根之旅

我的祖籍是浙江省餘姚縣，在我成長的那個時代，當有人問我「妳府上那裡？」我立刻將腰桿挺得筆直，然後大聲的說到「我沒啥長處，就是籍貫優良」。

隨著書本上學得愈來愈多的知識，我逐漸認識到；許多歷史人物竟是我的小同鄉，於是我的自我介紹詞兒就改成了「我和陽明先生王守仁同省同縣」或者說「黃宗羲是我的小同鄉」。也許是因為這個籍貫自幼就帶給我一種莫名的虛榮，所以我從小就告訴自己，有機會一定要回家鄉看看。

記憶中，家裡客廳面對大門的牆壁上，常年供奉著陳氏歷代祖先，一張大紅紙上還寫著「浙江省餘姚縣臨山衛」，父親告訴我這是老家的地址，我覺得好奇怪，為何沒有門牌號碼？父親說：「當然有，反正回不去了，寫出來也沒用。」

就在開放大陸探親的前兩年，我生活周遭的好多人；都經由不同的管道與大陸親友取得聯絡了。於是我向老爹建議，只要給我正確的地址，我可設法與大陸親友聯絡，但老爹卻表示；當時我的工作環境並不允許我與對岸聯絡，他不想給我找麻煩。如此的一再拖延，沒想到直到兩岸開放正式探親，我卻永遠也無法再找到老家的正確地址了。因為父親是在一九八七年十二月二日因腦溢血而陷入昏迷，七日後去世，約一個月後故總統經國先生過世，就在父親去世後；經國先生去世前，這短短的幾個星期間，政府正式宣佈開放兩岸探親，而我卻再也沒有機會向父親詢問老家的詳細地址了。

雖然缺乏老家的詳細地址，仍不減損我想要返鄉一探究竟的心情。一九九五年五月；當我恢復自由之身，移民來美之前，我與外子一起做了一趟返鄉之旅。我們選擇了隨團先遊石林，三峽，黃山，再由廣州飛杭州，展開尋根之旅。

記得那段時間正是大陸旅遊的多事之秋，剛發生過千島湖事件及神農溪翻船慘案，但絲毫也不影響我們的遊興。隨團旅遊的部分，一切都交給旅行社，省錢又省事，自己行動時，食，住，行都需事先安排，為了方便洋老公，我請了一位雙語導遊。結束三峽遊以後，由廣州飛往杭州，住在風光明媚的西湖邊——西子賓館，此行的最大目的是尋根，遊山玩水就只有列為次要了。

這次返鄉尋根，缺乏足夠的家鄉資料，旅行社建議我不妨從臨山鄉鎮公所開始找起，但也提醒我，時間久遠再加上經過戰亂及文化大革命的摧殘，尋訪到與我祖先有關資料的機率可能不高。這裡所謂的「時間久遠」，指的是父親自十七歲時（民國二十年）離開家鄉到上海求學。

到達杭州的第二天一大早，在司機與導遊的陪伴下，開專車去尋訪我的故鄉。離開杭州市區；我所見到的第一景，就是長江一橋與二橋，除了壯觀以外，還有說不盡的熟悉，說實在的；這條貫穿浙江省全境的長江支流，論瑰麗與險峻是比不上三峽中的任何一段，但卻時常出現在我思鄉的夢境中，這也許是因為受到父親的影響，記得他在世時，最喜歡低聲吟唱的詩句，就是旅日詩人蘇曼殊的「風雨樓台尺八簫；何時歸看浙江潮」。想到這兒；不禁覺得兩頰已佈滿淚痕，說不清是思親所引發的感傷，還是初識故鄉的激動。感覺中許多與我年齡相仿的朋友，對自己的故鄉並沒有像我這樣的投入，不知是否因為學中文的我；從古人留下的詩文中，感受到太多故鄉情，多次神遊故國的結果，已憧憬出一幅幅的美麗畫面，此番遊覽也算是某種程度的印證吧！

車平穩的行走在新開發的路面上，越來越稀少的機動車輛，使我察覺到我們已逐漸接近鄉下了。此時我發現這塊土地已在快速的開發中，看得出這裡的許多人事物都急著求變，這樣的訴求實在與我來此的期望大相逕庭，我此行的主要目的是找尋歷史與家史中故鄉的風貌；變得太多與太快，都極可能影響我找尋的結果。當然另一方面我也慶幸自己來得還不算太晚，若再晚幾年才來，能尋找到的可能就更有限了。想著想著；車子已轉入一條小巷了，司機先生曾到過這附近的鄉鎮，所以這一路我們只停下來問過一次方向，沒有浪費太多的時間，才會趕在鄉公所人員午間休息之前到達。

進入室內之前，我大致的瀏覽了一下四周的環境，只見到處都是破舊的屋宅，比四十年前我成長的環境還要窮困，我們這一行人；引來了許多孩子好奇的圍觀，從他們的眼神中我不禁看到了兒時的自己，那個時代我們對於金髮碧眼的外國人也充滿了好奇，面對一張純樸的臉蛋；我不免感到遺憾，為何沒想到準備一些糖果來送給這些可愛的孩子呢！另一方面我也為剛才自己的自私而感到慚愧，為了一己的懷舊之私，我不願見到此地有所變革，現在我已體會到這個「舊」字和「貧窮落後」似乎畫上了等號。

走進屋內，由導遊向負責人說明我們的來意，承辦人隨即表示，沒有明確地址實在很難尋根，因為目前他們所保存的最早戶籍資料，大約是一九五零年代的，再則臨山一地，已有好幾處地方分別畫歸與別縣合併。我瞭解我所擁有的資料有限，想找到幾十年前住在這裡某一戶人家，真的有如大海撈針一般困難。唯一的希望破滅了，雖然失望，但一顆期盼的心卻平靜下來了。

辭別了鎮公所的人員，準備返回杭州。雖不知家鄉的確切方位，但我確定數十年前老爹是從這條路走出去的，因此回程的路上我特別注意兩岸的景色。心想；一個十七歲孩子，當他離開家鄉時，可曾想到國家即將陷入戰亂，而隨著戰爭的演變，他與故鄉的距離越來越遠，終至客死異鄉。世事竟是如此難料，眼前的景色與父親離家時有多少的同異，我無法比較，但我可以肯定；我此刻的心情應該比他離家時複雜，不僅是因為十七歲與四十歲在心境與閱歷上的不同，更有一種難以言喻的悲傷已籠罩了我，因為我極可能永遠也無法認祖歸宗，對一個自幼就懷著歸鄉夢的人來說；是極不願接受這種事實的。

導遊似乎瞭解我的心情，一直都未打斷我的沉思，此時他卻忍不住開口了，因為我們的座車正行經一條美麗的河川，導遊說；這不但是江南的特有風光，也因為一齣電視劇的播出而使此地聲名大噪。我們決定停車稍做觀賞，不記得這是條人工河或是天然河，只覺得它與台灣所見過的內陸河川不同，這條河中有一長串連在一起的船隻，在水深適中的河中平穩的航行著，記憶中在台灣所見過的河川，不是乾涸見底，就是雨季太過急湍。望著緩緩前進的船隻及河邊的樹林，我猜想這條河川應是此地居民的生命線吧！因此我腦海中又試著去鉤畫出一幅幅古代居民生活的景象，對於這即將離去的家鄉，我投下了情深的一瞥。

尋幽訪勝應是我們此行的另一個目的，西湖是杭州的主要景點，接下來的一天，我們遊訪了西湖美景，在導遊的陪伴與解說下；我們的足跡踏遍了所有的亭臺樓閣，並乘坐畫舫遊湖，遠眺保叔塔，雖然是白晝，三潭映月這一景緻仍使我們陶醉在波光粼粼的湖光山色中。當我的身體接觸到「蘇堤」這塊石牌時，心情更是萬分激動，想到這位中國文壇唯一被尊為「詩，詞，書，畫」四絕的大家，曾利用他在官場不得意的時光，為後人留下了一片清新脫俗的名山秀水，並藉著詩文的傳誦，使世人對美女西施與秀水西湖留下了與天地同朽的印象。

我對西湖的觀感可能與其他人有所不同，原因有三；首先我覺得；大概因為我遊西湖以前先去遊賞了昆明的大觀樓，據說一些被貶謫的清朝官員，因為思念江南及家鄉，所以在昆明仿造了一處類似西湖的大觀樓，我對這園子印象極佳，先入為主的關係，使我對前者的觀感勝於後者。

再則；我想是讀了太多前人的詩文，對西湖留下了完美的幻想，從「若把西湖比西子，淡妝濃抹總相宜」，到「晴湖不如雨湖，雨湖不如雪湖」。我覺得西湖應該是清新淡雅的，宛若一位不食人間煙火的仙女，但我到訪那天，遊人如織，我見不到想像中的那種幽靜，因此感到有種文勝於實的遺憾。

最後我想影響我對西湖觀感的主要原因是；台灣南部有個「澄清湖」，據說就是仿西湖而建造的，我自幼就聽父親說過；「三亭覽勝」與「九曲橋」等景觀比西湖有過之而無不及，移民來美之前；我住在澄清湖附近，時常帶女兒去那遊玩，因此對這澄清湖的印象勝過西湖。

但西湖有些特色是無處能比的，兩位民族英雄的墓塚立在這裡，為這片享有盛名的風景名勝增添了一種肅穆之感，在岳武穆的衣冠塚前，我感慨「留名青史」或「遺嗅萬年」，全在於個人的一念之間。面對著那刻有「正邪自古同冰炭，毀譽於今判真偽」的石碑，我沉思良久，一個人的真面目有時實在是需要時間來證明。說到人類好善厭惡的同理心，我不禁想到另一首與岳飛及西湖有關的聯語——「青山有幸埋忠骨，白鐵無辜鑄奸臣」。如此看來；好善厭惡又豈只是人類的專利呢！

另一位長眠於此的是反清的女英雄秋瑾，我與她同為女性，但我佩服她那化一己之私愛為國家民族之大愛的心胸，面對死亡與酷刑的威脅，她仍能談笑自若的揮灑道「秋風秋雨惱煞人」，這種膽識與氣魄，真的能與天地同存。

此次遊訪西湖也算是實地映證兒時聆聽父親的講述，靈隱寺，保叔塔，都是我幼時耳熟能詳的地方。另一處風景區卻是我為女兒而去的，出門前問女兒想要什麼？她說心儀琦君筆下「覺滿隴」的桂花林及蓮子桂花湯。在我的要求之下，導遊陪我們到達了「覺滿隴」，可惜不是桂花飄香時節，我沒有嗅到那令人陶醉的桂花香，也沒嚐到那使人垂涎的蓮子桂花湯，但卻對那片濃蔭密佈的桂花林印象深刻。當天的午餐我們選擇去「樓外樓」，點的都是招牌菜；西湖醋魚，叫化雞，味道尚可，我比較難忘的是薺菜湯，那是導遊的建議，雖是山中野菜，但卻令人齒頰留香回味無窮。移民來美後我曾在東方超市買過冷凍薺菜，無論做湯或包餛飩，都缺少那股清香味。我想再次造訪西湖，我會選擇秋天去，中秋前後，除可觀賞錢塘潮外，還可嗅到覺滿隴的桂花香，更可搭乘畫舫，遊訪那霧氣瀰漫的西子湖，欣賞那種若隱若現的朦朧美景。

數年後；一位由台灣來訪的友人送了我一本余秋雨著的「山居筆記」，那是本讓我極為震撼的書籍，不僅因為作者的文筆清新洗鍊，字裡行間充滿豐沛的情感，為壯麗的山河，悠久的歷史文化，做了真實又鮮活的銓釋，觸動了每位龍之傳人心中的故國思緒，也牽動了每位思鄉遊子意裡的往日情懷。更因為他是我的小同鄉，從篇章字句中再度激起我對家鄉的情牽傣念，除文中所描述的景物使我心動之外，連那顆顆新鮮的楊梅，與特殊風味的梅乾菜也令我有他鄉遇故知的喜悅。更重要的是，藉著作者的敘述，我發覺土生土長的他，也有著鄉關何處的迷惘？相較於此，我對不能徹底尋根的遺憾也減輕了不少。

二〇〇三年六月三日

遊湘省訪湘繡

自從我一九九五年遊罷神州歸來，一直建議女兒趕在長江三峽截流之前，去遊訪三峽的瑰麗景色，對即將永遠消逝的天然美景做臨別的一瞥。沒想到小丫頭志不在此，只想回台灣去會老同學，並品嚐在美國無法吃到的鹹酥雞與燒仙草等風味小吃。

直到二〇〇〇年的春季，女兒的一位好友的母親來電，希望我女兒能與她家人一起回湖南省親。因為她們全家原住在大陸，十幾年前她在台灣的父親為她們全家申請移居台灣，離開大陸時；小女兒不到十歲，對湖南老家的印象已經模糊了，因此返鄉意願不高，如果我家女兒能同行，旅途將不致寂寞。我立即答應了，因為我瞭解這個年齡的孩子，同伴的魅力大於家人，再則我也希望女兒去遊覽神州故國，對故國文化有所了解。果然；她很高興的出門，從北京遊故宮爬長城，再到湖南長沙，並且遊覽了張家界，這一趟神州行，她最大的改變除了認識一些故國事物外，還學會了吃辣椒，並且為我帶來了另一項生意。她為我帶回來了一些湘繡繡片與雙面繡成品。我發現她帶回來的湘繡繡工精美，圖案生動，比我以前在旅遊景點所買的要多一些靈秀之氣，在我店裡出售的反應也極佳。透過女兒好友母親的介紹，我們與湘繡廠的廠長取得聯絡，決定親自去湖南，採購一些適合本地客人的商品來出售，當然順便要遊覽一下湖南的風光名勝。

二〇〇一年的六月下旬，我與外子由香港進入內地，因從未搭乘過大陸的火車，對軟臥很好奇，就決定從廣州搭火車去長沙，結果雖然新鮮，但並不舒適，可能是因為碰上了端午節假期，所以每節車箱都爆滿。我們也終於見識到了真正的擁擠人潮，好在到達長沙後，一切食宿還算舒適。長沙雖貴為一省的首都，但究竟是大陸內地，各項發展都無法與沿海各省相比，市內處處都在大興土木，但節比鱗次的高樓大廈；論氣魄不如北京與上海，說到人潮那更是無法與廣州相提並論的。我們住在市中心的華天大飯店，費用列屬國際級，但內部的佈置與裝潢卻是二，三流，好在住房費包括早餐，每天早晨我們都可享受一頓中西合璧，美味可口的豐盛食物，剛好又欣逢端午佳節，飯店也為大家準備了粽子，但我最喜歡吃籮蔔乾，香，脆，辣，真是爽口極了，每天我一定要吃碗白粥配蘿蔔乾，據說是飯店師傅的絕活，只招待在此用膳的客人，我想買都買不到。

住定以後的第二天，那位經由我女兒好友的母親所介紹的本地朋友，一大早就到飯店來接我們去湘繡廠，我們先到門市部看所有樣品，再決定訂多少貨。廠長取出許多庫存的成品供我們挑選。我從小就喜歡各色的絲線，更喜歡在端午節前，用絲線纏紙粽子，縫香包，如今見到這許多用各色絲線所繡出來的成品，真是興奮不已。除了雙面繡，傳統繡片外，我對一種新式的亂針繡非常感興趣，尤其是以亂針法繡出來的江南風景繡片，更是令我喜歡到著迷的地步，其中最令人稱道的是色彩的搭配，無論是水影、山景、小橋、人家，在傑出的繡工巧手編繡之後，都變得栩栩如生，遠遠瞧過去還真看不出是刺繡品呢！幾乎與照片一樣逼真，又比真實的相片多一分亮麗，看來看去真叫人愛不釋手。廠長告訴我們；湘繡所使用的絲線都是到蘇杭一帶去採購來的，因為那兒出產的絲線不但色澤鮮美，而且質地也極佳。至於繡工們，都是由老師傅們一代一代教下去的。廠長並向我們透露，湖南省發展刺繡的歷史雖不如蘇杭悠久，但工夫卻下得很深，以至於如今各種刺繡產品水準與蘇杭相比；有過之而無不及。這點我深表同意，就以雙面繡來說，我所見過的湘產雙面繡幾乎件件都是精品。至於本地學者與繡工們在刺繡方面所下的功夫有多深？在後來幾天的遊訪中，我們終於有所體認。

接下來的幾天是端午假期，湘繡工廠也放假，我們準備就近遊玩一番。我想到這兩天進出飯店在電梯裡瞧見了一則廣告畫片，介紹的是岳麓書院，說實在的，來此之前，我真不知道岳麓書院在此，現在既然知道了，對我這個國文系出身的學子而言，豈有過門不入之理。於是商請朋友的先生陪同前往，這位先生也是國文系出身，在湖南省廣播電視學校教中文，請他陪同遊訪岳麓書院，實在是再恰當不過了。從飯店出發往郊外方向走去，換了兩種交通工具，大約一小時後，終於到達了目的地，一路上斷斷續續的有過幾陣人潮，我真耽心端午假期會帶來擁擠的人潮，那將是極為破壞遊興的事。好在人潮就在我們進入書院的圍牆之前中斷了，而另一批來遊覽的外地觀光客的座車；是在我們離去時才抵達，因此我們才得以清清靜靜遊書院。

書院裡花木扶疏，參天的古木致使這一大片土地上處處皆為密佈的濃蔭，單看這點就不難想像這裡曾是個理想的讀書聖地；不但冬暖夏涼氣候適中，而眾多的樹木也製造出足令學子常保頭腦清新的芬多精，當時我對將近千年前在此進修的學子們起了羨慕之心。在朋友的引導與解說之下，我們仔細的參觀每一間書房，走著走著我不由得心生一感；為何紫禁城內的許多宮殿都已開始腐朽？無法供遊客入內觀賞憑弔，而此地的每一進院舍，都能看得出是經過細心的保養，同時也不太有人為破壞的痕跡。不禁要問；是因為這裡曾是毛的家鄉，故而在一連串鬥爭中被特殊禮遇？或是因為莘莘學子們靈秀的氣質已經在此根深蒂固而與天地同存了呢？記得九五年我遊故宮時，是與一位早年曾遊過故宮的滿族親王後代同行，當她走進故宮大門，放眼只見一片灰黃色的建築物，與烏鴉鴉的人潮，她一屁股就坐在石階上不走了，並流著淚說：「這那是我曾來過的紫禁宮呀！它應該是金壁輝煌又莊嚴的。」我想有一天我們都會成為歷史，當後代子孫追思故往之時，也就是在為前人的所作所為下評論的時刻，是褒或貶都將將取決於今人的作為，今日我輩若種善因，爾後必結善果，撫今追昔，豈可不慎哉?!

我們一行三人在昔日諸位大師授過課的講台上停下來，想到在這個杏壇之上，近千年來有許多位學行俱佳的大師曾在此傳道，授業，解惑，我何其有幸！能踏進這院子裡，眼中所見的盡是歷代幾位賢君贈與這書院的匾額及題字，耳中彷彿也充滿了昔日學子們的朗朗讀書聲。心中卻不由自主的激動起來，將近二十年的教書生涯，站上過無數個講台，但從未如此惶恐過，台下空無一人，但我彷彿見到了諸位大師的容顏，曾經是一位文化工作的傳承者，我做得盡心盡力了嗎？同鄉前輩王陽明先生，曾在此講學，曾於緬懷朱熹與張拭（按：應該是木字邊一個式）時也頗有感觸地低吟道：「緬懷兩夫子，此地得徘徊——」，此刻我的感受使我脫口吟唱著：「哲人日已遠，典型在夙昔」。同行的朋友打斷了我的沉思，告訴我台灣的名詩人余光中先生前陣子曾到此講學，也算是兩岸文化交流上的一件大事。這時我那位專司攝影的老公；像發現新大陸似的拉著我到他找到的孔子塑像前，對我說一定要與這位師祖攝影留念。這趟「岳麓書院之行」即將接近尾聲，我很高興有機會到此一遊，不但印證所學，也增長見識，只可惜天已開始飄雨，我們無法翻過山頭去遊訪近在咫尺的「愛晚亭」，此一遺憾只有留待下次造訪時再彌補吧！

第二天是端午假期的最後一天，朋友建議我們不妨去市郊的馬王堆，見識一下西漢的女屍，老公一聽說要去看Mummy（木乃伊），馬上連聲稱好。上次我們行經廣州，趕在展覽館關門之前；匆匆地瞧了幾眼「西漢南越王墓」，還沒看仔細就被請出去了。如今這個西漢女屍的歷史更悠久，距今已有兩千一百多年的歷史，是在一九七二年七月被發現的，當時這個新聞震驚全球，共有一百多個國家爭相報導這則驚人的發現，因為這個女屍被發現時，肌肉仍有彈性，關節處也可略彎，所以當時中國政府決定對這具女屍進行解剖，雖然經過解剖後對這具女屍有更進一步的了解，但這一舉動是有其爭議性的。進入展覽室之前，每人都需套上一雙塑膠鞋套，這是當局對這一處古蹟唯一的保護措施。其實當初在馬王堆總共發現了三個墓穴，由於這個女屍最為完整，因此較引人注意。根據考證；這三個墓穴是西漢時一位軑王及他的妻與子之墓，由這具女屍的陪葬品看來，這位妻子死後雖然備極哀榮，但生前卻是先喪夫後喪子，獨自度過許多悲傷又孤獨的歲月。

發現這具女屍的同時，總共發現了三千多件陪葬品，除了糧食，水果，肉類之外，還有無數種乾果，而且許多食物都是經過廚師精心烹調後才陪葬的，每種食物都放在精美的漆器中，由此可見當時物質生活的富足，由所發現的精美漆器更可看出當時文明的概況。我對其中一個小型的桌几非常欣賞，它除色澤富麗外，几腳還可活動，以調整使用時所需的高度，由此可見當時人民製造能力已頗可觀。

此外我也特別重視出土的絲綢衣物，因為這說明本地在兩千多年前就已有了發達的紡織及刺繡文化。隨著女屍出土的絲綢計有紗，絹，錦，繡，很難想像錦的品種在當時已有超過百種之多，而繡的針法也有多種近代已失傳，經由此次的發現而再度被專家們重視，其中一種珠芸繡，每一針的力道必須完全相同，才能繡出同樣大小的珠結，我對此種繡法極為欣賞，一幅以金黃色繡線所仿繡出的現代作品，是我見過刺繡品中最難忘的精品之一，由此可見湖南省在刺繡這方面的確下了不少功夫，湘繡之所以聞名於全國，真是其來有自。另一件使我難忘的事是；此次出土文物中還有二十七件保存完好的衣服，其中一件素紗，總重量只有四十八克，不到一兩重的衣服，穿在身上足以體會「薄如蠶翼」的真諦。看到這些出土的文物，不得不以祖先的智慧與努力為榮。

看到這；許多人想必和我有同樣的疑問，為何本地出土的屍體不但外型完好，而且肌肉還富有彈性？甚至連那六百八十多件漆器，件件都是光彩奪目；亮麗如新。根據專家們的研究，這三個漢墓，每個都有大小四層棺木保護著，每個棺木都經過極嚴密的密封處理，在這四層大小棺木的外面，還放置了許多木炭等東西以隔絕空氣，當然屍體本身也經過香料的包裹處理。其實兩千多年前的祖先們如此精心設計的結果，不僅僅是保存了幾具屍體，並為現代人保存了許多書籍與失傳的資料，出土文物中尚有許多木牘，書簡可用以校刊典籍，其中周易一書，各卦的排列順序與近代不同，這個現象也是值得學者們探討的。此外還發現了二十九張慧星圖，足見古人的天文知識已頗為豐富。其他如運動書，可看出古人已有醫學保健的知識，五幅帛畫的內容涵蓋了神祇，巫術，以及車馬儀仗的浩大聲勢，充滿了神幻與浪漫的色彩。

陪著我們前去的朋友，本身對這處古蹟頗有研究，又多次陪伴友人來訪，因此是位經驗極為豐富的解說員，我與外子緊跟其後，認真聆聽，我除了即席翻譯外還要隨時幫老公提問，大半天的時間一幌而過，我們才發現在我們後面已跟了一大群人了，他們除了被我們這位能言善道的朋友所吸引，更對我這位金髮碧眼的洋老公感到萬分好奇，實在弄不明白何以洋人會對這具古屍如此感興趣？其實當我們返美後，我與女兒好友的母親提起此事，她也覺得不可思議，因為當年古墓被發現時，她人還在湖南，若非學校要求集體前往觀看，她是絕對不會去的。

在湖南的時間只剩兩天了，我們用一天的時間到刺繡工廠參觀，由於大多數的女工返鄉過節尚未歸來，工廠內顯得有些冷清，但我們還是看到了實地刺繡的情形，這不但是一行費眼力的工作，還極需耐心，並非人人都能勝任這樣的工作，但女工們的工資並不高。看到這樣的情景，不由得想起另一位供應商的話，他說台灣已經完全無法開發傳統手工藝品的市場了，因為不可能每月只花一百元美金，就能請到一位用手工作的工人，況且刺繡這工作還需要特殊的技巧，想到這；我就更加的珍惜我所選購的每一件刺繡精品。

到湖南採購刺繡品的工作結束了，我們只剩下最後一天時間可遊覽了，朋友建議我們不妨到瀏陽去看看，因為當地出產一種石頭，天然具有菊花的圖形，所以被稱為「菊花石」，這種石頭只有瀏陽才出產，若能到當地採購，肯定是物美又價廉。

這位友人的學生在當地電視台工作，可以貴賓身份陪我們到工廠去參觀。這的確是非常誘人的建議，女兒上次也帶回來了一片，地質系出身的老公對任何石頭都有興趣，但考慮到行囊已超重，只看而不買對我這位外號叫「愛買」的老公是不可能的事，於是只好忍痛放棄這個難得的機會。

這趟湖南行比預期的收穫要大得許多，這是我們第一次自助深入內地遊覽，感覺是新鮮又有趣。湖南省除了刺繡聞名於全國外，「湘菜」更是知名於全球。此外湘省的文化水準也極高，如果有機會，我希望下次再來訪時，能找出一些本地學者與江南學子之間的異同或關聯，因為這兩個地區都是文風極盛，期待下次能有個更深入的文化之旅。

二〇〇三年七月十五日

良的故事

真正開始對她印象深刻，是大學最後一年的事，那時教授主要在訓練大家的語言表達能力，無論是上台試講，或是回答教授的提問，良都表現得非常出眾，真可說是辯才無礙。她不但口齒清晰，而且思路也敏捷，遇到各種問題，她總能夠說出一套與人不同又令人折服的道理。但我卻萬萬也沒想到，如此一位精明能幹的女孩，會有著這般悲慘的命運，尤其令我感到難過的是她過世前的三、四年裡受盡了病痛的折磨，對於她不幸的遭遇，我一直認為與父母對待子女的態度有關。如今她過世多年了，但我對她仍有著無限的懷念，而由她的遭遇所引發出的省思，也一直提醒著我——孩子不是父母的私產，正確的親子互動關係應該是理性的溝通，而非強制性的阻止與限制。如今已是一個多元化的社會，影響人生幸福與否的關鍵往往在於孩子獨立自主的程度，為人父母教導子女，應以他（她）們切身所需為重，萬萬不可以自己的好惡為依歸，那將會毀了孩子也害了自己。

記得大學畢業不久，就傳來她結婚的消息，很快地又聽說她離婚了，接著就聽說她與前夫情緣未了又懷了一個孩子，但終究這孩子並未能挽回她的婚姻，她必須獨立撫養孩子。不久有消息傳來，她病了，是膀胱癌，好在她很樂觀，一直很積極的與醫生配合，我也認為她會渡過難關，這一拖就是四、五年，我最後一次見到她是在我移民來美國之前，她躺在榮總的病床上，剛做完化療手術，人的外貌沒有任何改變，熱心的向我介紹五穀雜糧的好處，就像在學校時那樣的侃侃而談，使我放心不少。就在我到美國後的第二年，她的病情開始加重，已經無法工作，長年住在醫院裡，而病症晚期的疼痛，更幾乎使她放棄了求生的意念，當她還能接聽電話時，她對我發出的最後一個訊息是——好想自殺，她那時已是骨瘦如柴了，對著鏡子裡已不成人形的自己，她說：「我好想自殺，但別說是用刀了，就是用牙籤我也刺不下手呀！」那段日子裡我看到牙籤就想到她，終於接到她姊姊的電話，她走了，受盡了精神與肉體的折磨，還是走了。不知為何？從那以後，每年春暖花開樹木長新芽的時候，我總是特別的思念她。

其實我倆在學校就滿要好的，我喜歡她那種北方人爽朗又熱情的個性，再加上同是軍人子女的幾個同學，聚在一起特別投緣。對她我有時近乎崇拜，我不了解在同樣的教育制度之下成長，為何我不但思路不如她敏捷，而且總是顯得太感情用事，也許是這種錯覺，使我認為她比我理智，但後來發生在她身上的種種事件，證明了她一直在尋求愛，是一種父母無法替代的愛。我沒有參加她的婚禮，只聽說她母親不滿意她那位學歷比她低的丈夫，從一開始；這場婚姻就使她陷於娘家與夫家的矛盾之中。對於娘家她無法割捨那份生育與養育的親情，每當在娘家受到母親的嘮叨後，回到家裡，她那張伶牙利嘴就成了一點點割斷幸福婚姻的利刃。事後想想；丈夫有何不好？為了使母親安心，結婚沒多久，丈夫就答應了她的要求，在地價昂貴的市區以分得的祖產買了一層公寓，又有正當職業，任職於國營機構，雖非工程師，但卻是一流的技師。說實在的；良的外貌並不出色，而這位丈夫無論人品與外在都足以與她匹配，這也就是她離婚後又後悔的原因。其實她並不想離婚，只是不斷的爭吵與矛盾，使她與丈夫之間的關係變質了，而陷她於這種爭吵與矛盾的源頭則是來自娘家的抱怨。同時她那令人羨慕的辯才，也成了毀滅幸福婚姻的催化劑。

我與她開始有較頻繁的聯絡是在她失婚以後，同是天涯失婚人，相知相顧又相惜。雖然每次都是她說得多我聽得認真，但我仍然很樂意做她聽眾，說真的；她是位難得一見的語言表達天才，具有與生俱來吸引聽眾的魅力。對她認識更清楚以後；我逐漸發覺其實她內心很孤獨，娘家人對她無微不至的照顧仍不能填補她空虛的內心，她渴望異性的愛，更渴望有一個屬於她與丈夫兩人的家。每當她落寞寡歡時，她總是找我絮絮叨叨的傾吐，我終於察覺到，她那看似精明能幹的外在；卻有著難以言喻又極其脆弱的內心世界。為了維持外在的形象，她必須竭盡所能的掩飾她內在的空虛寂寞，當我聽到她說她經常覺得好累，好想找一個有力的臂膀靠一靠，我怎麼會不了解呢？每一個正常人都需要愛與被愛，而她當時所需要的愛卻是父母無法替代的。

我記得那時我與她同樣陷入一種極為無奈的悲情中，只因為世上許多人都視為正常的夫妻生活，對那時的我們竟是遙不可求的奢望，是造化弄人？或是個性使然？我倆同時陷入認真的思考反省中，就在這時接二連三傳出有關她的不幸，首先是那位與她相依為命的女兒，當初她不顧輿論反對，堅持要生下的孩子，似乎已有自閉症的傾向。這種事對任何父母來說都是殘酷的，何況當時的她身心都已顯露疲態。果然不久就傳出她得了癌症，這以後我們聯絡的機會不像以往那樣頻繁了，因為她在娘家附近買了房子，當時她與女兒都急需娘家人的協助。

雖然不如以往那般的常常通話，但彼此仍互相關懷著，一段時間以後我發覺她的個性改變了，依舊能言善道的她，言語不再犀利如刀鋒，談話內容也由抱怨轉為感激，令我更放心的是；她對自己的身體狀況極為樂觀，我終於明白了，這些改變都是信仰帶給她的，她成為一位虔誠的基督徒，當然這種改變對她的病情有正面的幫助，致使她得病初期狀況都很穩定。這段日子裡，我倆有過無數次的交談，而令我印象深刻的卻有兩次，一是當她得知我信主以後，她對我說道：「妳要認清楚真正能幫助你的是全能的上帝，而不是那些帶妳認識上帝的人」。由這句話可看出；她已體認信仰的真諦，而這個見證，對我日後面對信仰的心境也有著絕對的助益。

其次一段令我印象深刻的談話，卻是使我對她的處境感到義憤填膺的，原來就在她得病後的第三，四年這期間，每隔三，四個月到半年內，她總需到醫院做一次刮除病變組織的手術，病變的部位在膀胱口，有些實習醫生在得知她的婚姻狀況後，往往在言談上給了她另一種使她頗為難堪的傷害，我為此氣憤不已，她卻反過來勸我要釋懷。我好感慨，一向好強的她，被生活與情感上的挫折已磨得失去了稜角。

雖然很不願意再去回憶她臨終前所受到的痛苦與折磨，但那些事實卻時常出現在我對她思念的記憶裡。平常人毫不在意的正常大小便，對病到晚期的她卻是一種奢望，無法正常小便當然就不能多喝水，再加上病症晚期伴隨的疼痛，她必須靠止痛劑來減輕痛苦，更可悲的是；她的親人看著她痛苦就更恨她的前夫，她時常還須面對無法躲避的抱怨，來自於家人對她前夫的責備。這樣的日子過了將近一年，我們這些老朋友盡量安慰她，透過信件及請她家人轉達的電話問候，不斷的傳達我們對她的關心與鼓勵。終於我們聽說她的日子不多了，在她還能開口說話時，她向親人告別，帶著她對家人無限的愛，她對父母說道：「我愛你們，來生還要做你們的女兒，謝謝你們照顧我，並替我照顧我唯一的女兒」。無奈她對這世上還有太多的不捨，彌留了將近四天才離去。

對許多女孩而言，愛情便是生命的意義，執子之手，與子偕老，是美麗的憧憬也是完美的結局。無奈婚姻生活這條路上有太多意想不到的波折，當美麗的憧憬破滅；結局不再完美，應該只是生活中的一次挫敗吧！良卻在挫敗後失去了寶貴的生命，我為她惋惜，也更為珍惜自己所擁有的一切。

二〇〇三年七月二十一日

London Bridge在美國

我與外子每年至少要去賭城兩次，從德州到Las vegas，無論是走十號或四十號公路，沿途的景色早已看膩了。這次我決定試試走別的路線到賭城，看看能否發現些新鮮事？

果然我們意外經過美國London Bridge的所在地Lake Havasu City，轉進去瞧瞧，我發覺這裡原來竟是如此有趣，特別寫下一些見聞與感想。

一九六八年四月十八日，英國政府以2,460,000美元的價格，將London Bridge賣給McCulloch Oil Corporation後。拆下來的磚塊，隨即被運到亞利桑那州的Lake Havasu市，在這裡興建起美國的London Bridge。

在倫敦；當交易談成後，這座橋隨即被逐塊拆開；編號後運輸到美國，第一批石塊在同年七月九日運抵亞利桑那州的Lake Havasu市，其他剩餘石塊都陸續被運輸到加州的Long Beach；再經由卡車運送到Lake Havasu市。重建的工作在一九六八年九月二十三日正式展開，一九七一年十月十日全部完工。為了重新安置這座橋，所花的運輸和建設費用總共是七百五十萬美元。

我查考資料；有關於古老London Bridge的記載，現依照時間順序條列如下：

最早的記載；它是第一座跨越Thames河的橋，由羅馬人在西元四三年所建造的臨時性浮橋。此後不久；第一座London Bridge被興建。

接著有關London Bridge的記載，是在西元九八四年，一位被懷疑使用巫術的寡婦，遭受丟到橋下被淹死的命運。

在一〇一四年，維京人為了攻打London，使用軍隊的船，將鐵鍊綁住橋墩上，然後全速前進，橋因而被拉倒，這座橋再次遭到需要重建的命運。

一一七六年；在Peter Colechurch的指導下，開始建造第一座石橋，這座使用石頭所興建的London Bridge，總共花費了三十三年時間才完工，坐落在河上約六百年。

石橋落成後，橋上陸續建起住家和商店，可惜在繁榮熱鬧的同時，也發生許多意外。從一二一二年到一六五七年這四百多年間，好幾次嚴重火災，終於迫使商家與住民遷居。

一六五七年以後，橋上所有荒廢的房屋被剷平，橋面加寬，橋的中心拱門也有部分重建並加寬，這座重新整修過的橋，一直被使用到一八三一年。

在一八二一年，國會指定一個委員會，仔細審查這座橋的問題，當時橋墩的拱門部分，受到嚴重的冰凍傷害，急需重建。

如今被重新安置在Arizona州Lake Havasu市的London Bridge，就是在一八二四年；經由John Rennie的指導所興建的。

一九六二年；位於倫敦的London Bridge，因為年久失修又不堪負荷，已有逐漸下沉的跡象。這座完工於一八三一年的大橋，已無法承載日漸增加的交通量，英國政府決定出售此橋。其中一位參與出售事宜的議員，在美國擁有廣告公司，因此將售橋的訊息登上美國的廣告市場，引來許多注意，最後由

McCulloch Oil Corporation標得此橋。花錢買一座舊橋，是一樁有趣的買賣，而這座舊橋又來自國外，更是令人大開眼界。

將近五十年前，一位石油商人，能有如此的遠見與胸襟，藉著一座古老的橋樑，竟能使一座寂寂無名的小城，逐漸繁榮而受到重視，對於這等生意眼光，我真是萬分敬佩。

一九七一年，在土木工程師Robert Beresford的監督指導下，率領一組四十人的工作人員，歷時一年半，美國的London Bridge終於完工。

有關Lake Havasu City 的歷史背景如下：

在一九七五年底Lake Havasu City 的人口只有15500，這座城市的形成，主要是因為Parker Dam在一九三八年完工。這座水壩在海平面482呎，當地平均降雨量是5.0英吋，冬季最高氣溫是華氏八十度，最低四十度。

McCulloch Oil Corporation的老闆之一，Mr. McCulloch是一位工程師，一連串與水有關的工程，將他引到Lake Havasu City。他乘坐飛機，在荒涼的美國西南部上空，尋找發動機測試的據點，他發現這個二戰以後被棄置的陸軍基地，並順利買下這座鬼城，建造了他的測試場。

那時；這座鬼城無人居住。Mr. McCulloch建造了一百間活動房屋，提供給工人居住，同時這座城內，沒有郵局，也沒有無線電設備，更沒有電視。因為他在此開發事業，使這座城逐漸開始興起其他生意，也開始興建汽車旅館，Best Western 和 Nautical Inn是最早開始營業的。當London Bridge被拍賣時，Mr. McCulloch認為Lake Havasu將是完美的城市，可以安置這座古橋。

有一個有趣的數目，是標得London Bridge的關鍵，值得一提。話說當Mr. McCulloch決定要標下這座橋時，首先他與他的投資夥伴C. V. Wood, Jr.一起計算，他二人合計，從倫敦拆下這座橋的花崗岩共需要的費用約為1,200,000元，將這數目乘以二，應是一個合理的價位。只是他們想到；別人也會和他們一樣的算出這個數目，因此準備增加一些金額，但該加多少呢？Mr. McCulloch想到，如果順利標下此橋，當橋建好時，他正好六十歲，於是決定多加60,000元，果然順利得標。橋基在一九六九年架好，一九七一年十月十日整座橋完全完工。

當初開發Lake Havasu 這個城市，只希望它成為退休老人的養老城市，如今這城市正以驚人的速度成長，絡繹不絕的遊客，帶來無限商機。城內各種商店齊備，各式口味的美食齊全，附近不遠處，並有高爾夫球場，多元化的設施，使這城市適合每個年齡層的遊客。難怪如今London Bridge在亞利桑那州，已成為僅次於大峽谷，另一個吸引觀光客的旅遊景點。

我與老公悠閒的逛著，站在橋上遠眺，近水遠山全在眼前，心情也為之暢快無比。仔細搜尋，終於見到一塊標有號碼的石頭，顯示著它不容置疑的身份。我們也發現橋柱上有修補的痕跡，我們還發現；為了預防熱脹冷縮，橋的間隙留有足夠的距離，不難看出這座大橋是受到妥善照顧的

當時正值春假，全家來此渡假的人潮不斷，只見父母陪著孩子在河邊餵鳥，飽了鳥兒也樂了娃兒。抬頭仰望橋墩，我發現許多鳥兒沿著橋墩築巢，看來這座橋，也為鳥兒帶來棲息的新處所。我們從橋上走下來，回頭看看那階梯，與旁邊的賣票亭，腦海中不禁浮起千年前，倫敦古橋邊的想像景觀。我心中尋思著；當年Mr. McCulloch決定要將古橋建到此地時，可曾想過會帶來如此熱鬧的景象？

穿過橋拱，遠遠望去，景緻別有一番風情。我在觀賞之餘，由衷感佩這位企業家，由於他特殊的見識，不但使一座遭遇淘汰命運的古橋，在異地得以重生，同時也使一座了無生氣的鬼城，變得生意盎然，風情萬種。

遠處的石礫山依舊荒涼，但近處的城市已不再冷清，一切的改變均因為這座來自遠方的古橋。

在網上我找到幾張現代英國倫敦大橋的圖片，無論白天黑夜，它都顯得摩登又瀟灑，與附近的建築物融成一體。我不知當人們見到新橋時，是否想過？若非出售舊橋，可能不易興建這新橋，如此看來；舊的倫敦大橋，不正像一個犧牲自己成就家人的英雄嗎？

而那座古樸的舊橋，漂洋過海來到新大陸後，為那片荒涼的大地，帶來新氣象，也為這片土地增添些許文化氣息。橋上橋下走一圈，我心中充滿感慨；這世上有許多被荒廢的天然美景，也有許多費心設計的人為景觀。前者令人惋惜，後者受人欽佩，在欣賞這人為景觀的同時，我不禁要問；是何原因造成前者的遺憾？又是何因素造就後者的殊榮呢？

二〇〇六年春

當鐵牛遇到肉牛

我常開車往來於美國各地的高速公路，行經郊外時；路邊常可見到被撞死後，壓得血肉模糊的動物屍體，體積不大，小者如野兔，大者如Coyotes（土狼）。

據說；夜晚出入樹林河邊尋水覓食的鹿兒，也常是誤闖高速公路禁區的不速之客，但一隻成鹿的體積已頗有份量，再加上奔跑時的速度，一旦撞上急駛中的車輛，除了鹿可能傷亡外，人車也很難倖免於難，因此「Watch for Deer」的警告牌；在公路邊很常見。

十多年前；我住在Ohio，有一天晚上；到郊外去看聖誕燈展。我開車帶著老公和女兒，一路上談笑不已，忽然；老公驚叫：「小心！前面有鹿。」那時我正轉入一條路燈昏暗的鄉間小道，隨著老公的驚叫聲，我立即踩剎車，並將車燈轉換成遠光燈。只見距離我車子不遠處，一頭鹿，正從道路的左邊奔向右邊的樹林，牠的後蹄離開道路時；我的車子剛好駛過，如果當時我的車速略快四，五秒鐘，很可能就會撞個正著。

這些年來；我一直無法忘記那驚心動魄的一幕，也時常提醒家人與朋友，開車時絕對要注意公路兩旁的告示牌。

二月底；老公與我去Arizona 訪友，朋友家在距離Phoenix北邊約一百Miles的鄉間，當天傍晚我們抵達Phoenix前，與友人連絡；告訴他可能天黑以後才會到達他家。他提醒；當我們離開十號公路，轉入通往他家唯一的鄉間小路時；請特別注意牛隻，若撞上了可不得了。

我心想；無論乳牛或肉牛，都該是有飼主的，天黑後應當豢養在農場內，難道是迷路的大笨牛嗎？不過；我確實在許多州的公路邊都看過「Watch for Cow」的告示牌，真有這麼多迷路的的笨牛嗎？

懷著半信半疑；又百思不得其解的心情，我們的車子駛入了這條小路。又是一條燈光昏暗的道路，老公立刻打開遠光燈，我這才看清楚；原來這不是一條平坦的道路，路面起伏的弧度極大，我們在車內彷彿乘坐水中小艇般似的，隨著起伏的路面前行，在黑夜中；我們是唯一的車輛，道路兩旁的確有稀疏的樹林，但都已草枯葉落，想必牛兒都被主人豢養在農場裡吃乾草了吧！

就在此時；車子從一段低漥的路面伏起，我發現路邊有一個龐然大物，定神一看；真的有牛啊！是一條乳白色間有黃斑的大牛，牛頭朝著樹林，彷彿在尋覓些什麼？我們的車燈引起牠的注意而使牠轉身凝視，我與老公異口同聲的驚叫，那是一種含意複雜的叫聲；驚訝！又不知所措？

我們終於到達友人家中，老友重逢相見歡，我則迫不急待的對友人之妻說：「那條小路上真的有牛，我們遇到了。」並滿懷不解的請教；為何夜晚路邊會有牛隻？難道主人不管嗎？她說：「那條小路正好穿過一片州政府核准的Open Range（自由放牧區），車輛如果撞上牛隻，須賠償農場主人的損失。」

我立即問了一個「傻」問題：「天色如此黑暗，四週又無其他車輛經過，若果真撞上牛隻後離開，飼主要向何人索賠？」友人之妻笑道：「當車子撞上將近千餘磅的牛隻，鐵定會有損傷，多數車輛無法繼續開行，須立刻請保險公司來拖車。人也會受傷，前兩年；附近一位鄰居被撞後，就在醫院躺了許久。」

聽到這番解說後；我才明瞭自已有多幸運，原來當鐵牛撞上肉牛時；後果竟是如此嚴重！

二〇〇七年三月十二日於達拉斯完稿

二〇〇七年四月二十三日刊登於《世界日報》家園版

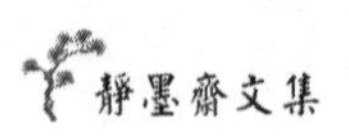

以文會友——大陸行專題報導之一

我愛旅遊，遊山玩水，增廣見聞，本是人生一大樂事。若能再加上以文會友之樂，更是樂上加樂。

今年二月初；我接到文友社甘秀霞會長的email，通知所有會員，洛杉磯文友社，邀請本地文友一同訪問大陸。時間是四月六日到十九日。這是一個既可觀光，又可與各地文友舉行座談會，互相交換心得的文化交流活動，真是名副其實的「以文會友」。

我仔細閱讀行程表，發現除北京與上海外，其他城市如天津、大連、瀋陽和山西我都沒去過。而其中瀋陽這個城市，不但是我母親的故鄉，也是我父母相識相戀之城，可算是我的第二故鄉，我早就想去探訪一番了。

幾乎是在毫不猶豫的情形之下，我立即報名參加。訂妥機票辦好簽證，我就開開心心的等待出發了。接近出發前的兩週，我陸續接到主辦單位送來的信件，包括接機聯絡人與下榻飯店等重要訊息，顯示這是一趟計畫周全，值得信賴的旅程。

四月五日下午飛機準時到達北京機場，出關後我立即發現前來接機的朋友，在他們熱情的接待下，我與半小時後抵達北京的另兩位隊友——吳玲瑤和楊芳芷；輕鬆愉快的到達下榻的飯店。

由於我們這一行人並非整團搭乘同一班飛機同時到達北京，所以主辦單位需要分批接機。除團長王娟女士提前於四月四日抵達外，其餘隊友都在五日抵達北京，負責接機的朋友，從清晨五點一直要忙到第二天凌晨，才將我們整團隊友都接齊，如此熱情的接待工作，令人非常感動。

四月六日一大早，我們被安排遊覽「大觀園」，雖然這個「大觀園」只是多年前電視連續劇「紅樓夢」的場景，不如原著中描述的那般富麗堂皇，但初春時節；已有許多綻放的花朵，徜徉園中，也是一件賞心悅目之美事。

中餐後，我們前往中國現代文學館參觀。這個文學館中除珍藏了近百年來著名的海峽兩岸三地及海外華人作家的重要代表作品外，並有許多珍貴藏書，手稿，雜誌，書信及照片，錄像帶等重要又有價值的文學資料。整座文學館的設計極具特色，除牆外的浮雕及園林雕像外，我對館內的玻璃壁畫，與主廳內的大幅油畫都印象深刻。這種將著名文學家作品的特色，融入於現代藝術中的表現方式，可謂集文學與美學於一體，非常精采。

在庭園中，我見到一塊特殊的大石頭，中間有一個圓孔——逗號，原來這是文學館的「館徽」。這塊來自北京房山的石頭館徽，有個意義非凡的象徵，它正代表著現代文學與文言文的不同，就在於有無逗號的差別。

下午四點，我們準時到達中國作協的新大樓，當我們得知本團是在新大樓舉行座談會的第一團團員時，都深感榮幸。感謝北京作協的主要負責長官親自主持座談會，並邀請當地資深作家參與討論。歷時約二小時的座談會，在輕鬆愉快的氣氛中進行，不但達到情感交流的目的，也互相交換寫作心得，真是獲益匪淺。

▲ 作者與中國作協主席鐵凝在北京合影

在座談會開始前，我們得知一個好消息——已確定當晚歡迎我們的晚宴，將由中國作協主席鐵凝女士親自主持。據說；這是北美華人作協與中國作協開始文化交流活動以來，首次由中國作協主席親自主持的晚宴。大家聽到這一令人興奮的好消息後，就商請作協的職員，替我們專程到書店購買鐵凝的暢銷書，以便在晚宴會上，能請她親筆簽名留念。

座談會結束後，一行人歡歡喜喜到達飯店，晚宴會場設置於一間非常雅緻的大廳內，菜餚精緻豐富自然不在話下，大家邊吃邊聊笑聲不斷。鐵凝主席果然如大眾所描繪的那般美麗端莊又親切，大伙都忙著與她合影並請她簽名留念，這當然也是我們此行最意外的驚喜與收穫。

後記：當我們返回美國後不久，得到鐵凝女士已於四月二十六日結婚的好消息，這位才華橫溢；秀外慧中作協主席的終身大事，一直是各地會員們所關心的。如今我們聽到這一喜訊都替她高興，並祝她幸福美滿！

二○○七年四月三十日

以文會友——大陸行專題報導之二

四月七日一早，我們搭車去天津，展開緊湊的一天行程。到達天津的第一項拜訪活動，是參觀近代天津歷史博物館。承蒙創始館長；也是天津作協副主席航鷹女士親自接待，一場溫馨的座談會，使我們了解成立這個博物館的初衷與艱辛過程。

接著由專人講解，引導我們參觀館內各項珍藏史料。這真是一個頗具特色的博物館，所收藏的都是近百年來；天津在歷史上位居第一的史實資料，如第一枚郵票，第一支近代海軍等。這種特殊的史料，居然能完整的收尋出一百多件，可見創始者投注之心力有多深。當我們得知航鷹女士為追尋史料，曾不辭辛勞，拖著有病的身軀，以一己之財力，遠赴歐美找尋相關當事人，收集鮮為人知的珍貴歷史資訊後，都深表欽佩。這真是一件極有意義又難得之事。

下午與天津作協的座談會之前，我們把握時間，由前來接待的專員引導，大略遊覽天津市區，見到許多目前仍保存完好，具有歐美建築特色的樓層，堪稱天津人文景觀之特色。

天津作協的成員陣容堅強，人才濟濟，在座談會中，彼此交換寫作心得，是此行主要目的，我們除了解當地作家的寫作環境與特色外，也帶回一些寶貴的參考資料。雖然我們的旅程才開始兩天，但我們已可感覺處處受到禮遇與熱情的接待，吃完豐盛的晚餐，懷著依依不捨之情，我們返回北京。

在北京的第三天，也是唯一沒有拜訪活動與座談會的一天，原定行程是上午遊覽雍和宮，但我與其他幾位隊友都已去過，就決定到孔廟走走。北京孔廟；是僅次於山東曲阜的第二大孔廟，與國子監毗鄰，原是很值得仔細遊覽的歷史古蹟，可惜正在整修中，無法暢遊。下次有機會，我會再來，因為我發現了歷代「進士碑」的趣味，值得再次細細玩味觀賞。

中餐後；我們先遊恭王府。進入恭王府的胡同比較狹窄，我們行走其間，可充分感受到北京胡同的特殊風格。許多住宅的大門，還保留著「門當與戶對」的建築形式，對於這項古文化遺物，我們很感興趣，大夥都仔細聆聽地陪的解說，也認真比對所見的實景，真是一次有趣的寓教於樂之旅。

重新整修過的恭親王府，的確氣派非凡，這裡在清乾隆年代曾是和坤的私宅，到了嘉慶四年改為慶王府。園內庭臺樓閣十分雅緻，奇石林立，小徑迴廊處處通幽，當此冬末春初之際，園中綻放的紅花與古木枯枝相互映襯，倒也別有一番韻味。

這座莊院；將北方建築形式與江南造園藝術融合為一體，的確值得細細品味欣賞。而園中前後兩位主人，又都是著名歷史人物，在遊園的同時，自然也有說不完道不盡的傳說軼事。無奈遊客實在太多，使這佔地兩萬八千平方米的花園，顯得擁擠不堪，大大影響遊興。

乘坐三輪車遊胡同，可能是目前最大眾化；回味老北京的遊覽方式之一。在這個汽油價格飆漲，空氣污染也逐漸嚴重的時代，這種頗富地方色彩又兼具觀光性質的的代步工具，值得提倡。

我們在北京的最後一項遊覽，是乘船觀賞什剎海的風光，什剎海風光綺麗，為燕京八景之一。在夕陽的餘暉下，湖水顯得別有一番風情。我很意外；古老的北京城內，竟如如此迷人的景色，難怪有人形容什剎海，擁有「西湖春，秦淮夏，洞庭秋」如今親訪此地，證實什剎海集各地特色美景於一身的說法並非虛言。

晚餐除菜餚豐富可口外，還有一個意外的驚喜。原來我們的領隊；北京作協外聯部，承辦這次旅遊的負責人肖惊鴻為我們的隊友——旅美著名女作家吳玲瑤女士，安排了一個慶生會，溫馨又感人的場面，沖淡了即將離開北京的不捨之情。

二〇〇七年五月二日

以文會友——大陸行專題報導之三

初春的北京清晨仍頗有寒意，四月九日一大早，我們懷著依依不捨之情離開北京，搭機前往大連。

大連是我們這次旅程中唯一沒有舉行座談會的城市，我們到此純屬觀光。與北京，天津這兩個文化氣息較濃厚的城市相比，大連這座濱海之城顯得格外清新，尤其是那依城傍海的星海廣場，給人耳目一新之感。站在廣場上放眼望去，彷彿可遠眺天涯海角。

海邊常是避暑勝地，原以為略帶寒意的海風，會影響遊人的雅興，但我們到訪時已有大批的遊客，站在這面臨海洋；背倚城市的廣場上，環顧海天相連之際，確實能感受到古人心曠神怡之樂。轉身遙望遠處層層高樓，與正在動工興建中的大型建築體，處處都可見到這城市的蓬勃與朝氣。

下午我們先走訪旅順日俄監獄與203高地，面對這兩處歷史遺跡，我的心情是沉重的。仔細聆聽地陪的介紹後，對於受盡折磨而屈死的冤魂，與奮勇犧牲於高地戰士們的英靈，我滿懷無限的追思與敬意。

晚餐前，我們經過旅順口，在那稍作停留。漫步在堤防上，讓清涼的海風任意吹拂，也是一種難得的暢快。與大連海邊相比，這裡沒有眾多的遊客，我反而覺得與海更接近，更能享受到物我合一之趣。

第二天一早，我們乘車沿著濱海公路而行，居高臨下，隔著起伏的樹林，在車內靜靜觀賞濱海風光。雖聽不見濤聲，卻看得見拍打岩岸的波濤。經過淺灘處，我的思緒也隨著潮水衝向沙灘又退回大海，我雖不是智者，但就在那片刻，我真的深深愛上這進退有序，平靜無波的大海了。

離開大連前，我們去參觀頗負盛名的大連女警隊。對於馬，我一直懷有特殊的好感，也許是因為從小就常聽精於騎術的父親敘述馬的故事，如今又住在以Rodeo聞名的德州，因此對騎在馬背上英姿煥發的女警，真的是崇拜又羨慕。

在專人的引導與介紹下，我們觀賞了女警的騎術表演，也四處瀏覽一番。走在偌大的訓練場上，面對著許多新奇與新鮮，我們絲毫不覺得疲累，反而不停的提問。畢竟對我們而

▲ 作者與大連女警隊合影

言，這是一次非常難得的機會。從大夥紛紛與女警和馬兒們合影的情景看來，不難想像，大連女騎警的確是有特殊魅力的。

經過四個多小時的車程，我終於到達母親的故鄉——瀋陽。除了這份遙想多年的親切外，我更被瀋陽作協的熱誠深深感動。在我們的專車抵達瀋陽市以前，四部轎車已在高速公路出口站前等候多時。瀋陽作協與文學院的主要負責人親自前來迎接。這份情意，令我感受到東北老鄉的熱情真是不同凡響。

第二天上午，我們參觀張氏帥府與瀋陽故宮，下午與瀋陽作協舉行座談會。在座談會之前，我們先參觀作協大樓，在不同樓層，我們看到出版不同刊物的工作人員正在忙碌著打字編輯，據說瀋陽是發展兒童文學最有成就的省份之一，所以這類刊物總是最暢銷的。

座談會是在瀋陽文學院舉行，瀋陽作協負責人對我們說在北京有魯迅文學院；在東北有遼寧文學院。這兩所文學院都以培養專業作家為主。當天我們有幸與遼寧文學院的學生代表共同研討一個主題——「文學，文化與友誼」。這是一個涵蓋面極廣，而又極溫馨的題目。藉著你來我往的提問與解答，短短兩小時毫無冷場，幾乎是在欲罷不能的情形下，這場溫馨又熱鬧的座談會才告結束。經過這場座談會，我們與瀋陽作協彼此都更了解對方的寫作環境，也為兩地的文友搭起一座更穩固的友誼橋樑。

最令我們感動的是這群來自鄉間的文學院學生，他們在得知我們將來訪的消息後，都紛紛主動爭取前來參加這個座談會的機會，我由衷佩服這群熱愛文學的年輕人。慚愧的是我並未對他們的學習提供任何幫助；而他們對文學與創作的熱情，卻深深地激勵著我，今後在閱讀與習作雙方面都應多下工夫。

第二天的清晨，我們迎著晨曦趕到機場，準備搭機前往山西太原，卻見到瀋陽作協的朋友們早已在機場等候多時，準備為我們送行。這份熱情，驅散了早起的倦意與清晨的寒意；而這份溫馨的接送情，也使我們對瀋陽文友留下深刻的印象。

二〇〇七年五月八日

▲ 在瀋陽文學院座談會後合影

以文會友——大陸行專題報導之四

春天算是頗為理想的旅遊季節，氣溫不冷不熱，又可欣賞萬物孳生的欣欣向榮景象，我報名參加此次為期兩週旅遊活動的另一個原因，也就是看上了這天時之利。巧的是，受到去年有潤七月的影響，今年的四月初還只是陰曆二月，所以我們在瀋陽的昭陵園中，仍可見到凍而未化的積雪。

到達山西後，明顯感到氣溫暖和多了。在歷史悠久的晉祠花園裏，紅花嬌黃花艷。散播著濃厚的早春訊息，但我們從太原到達五臺山的第二天，卻意外的碰上了一場難得的春雪。因此；山西可算我們此行遇到氣候景觀變化較大的一省。

地陪對我們說：「目前大陸旅遊界普遍認為地上文物看山西，地下文物看陝西。」由這句話不難想像，山西有著豐富的歷史文化古蹟值得一遊。我們由瀋陽飛往山西太原後，首先去參觀晉祠，這是一處結合歷史文物與自然山水於一體的建築園林，有著江南園林的秀麗，也透著晉中文化的古樸。由於整個園子是背山面水而築，所以環境十分清幽，參天古木與殿宇樓閣相映襯，各色綻放的花朵，更將這有「山西小江南」之稱的園林粧扮得分外迷人。

晉祠是為了紀念周武王次子叔虞而興建的，確切的建築年代已不可考，只知道史書最早對晉祠的記載是北魏酈道元所著的《水經注》。我們進入祠內，由東向西慢慢觀賞，從水境台，經過會仙橋，金人台，對越坊，鐘鼓二樓，獻殿，然後穿過魚沼飛梁到達聖母殿。

值得特別介紹的是三大國寶之一的十字橋——魚沼飛梁，這座架在晉水第二泉源金沼池上的十字橋；連接東邊的獻殿與西邊的聖母殿，池中豎立了三十四根小八角形石柱，柱頂架斗拱和梁木承托著十字形橋面，就是所謂的飛梁，如今雖無從考察這座飛梁的確實興建年代，但在《水經注》一書中已有記載，可見早期先民的建築技術已非常精湛。造型優美的十字形橋，雖早有文獻記載，但此處則為僅存的實物遺跡。

由聖母殿往北，我們先參觀晉祠三絕之一的周柏，晉祠中古樹參天，其中最著名的有周柏與隋槐，可惜我們到達的時期，未能看到枝葉繁茂的景象。但這株相傳為西周時所植的柏樹，與地面約成四十度角向南傾斜的粗狀樹幹，氣勢的確壯偉，難怪宋代大文豪歐陽修，見到它濃密枝葉披覆於殿宇之上的景象，不禁稱讚道：「地靈草木得餘潤，郁郁古柏含蒼煙」。

晉水的主要源頭難老泉，也是晉祠三絕之一，泉水出自懸甕山的斷岩層，終年不捨晝夜的滾滾流出，常年水溫保持在攝氏十七度，灌溉附近數萬畝的農田。據說此泉水中有種特殊的翠綠長生萍，與水底斑斕炫麗的五色石，在光彩奪目的陽光映照下，會發出奪目耀眼的光芒，蔚為奇觀，以致唐朝著名詩人李白，為它寫下讚美的詩句「晉祠流水如碧玉，微波龍鱗莎草綠」，可惜我們到訪時並未看到此一奇景。

聖母殿是晉祠內的主體建築，也是祠區內歷史最悠久的建築物，這棟古老的聖殿除在建築技術上留給後人許多參考與研究的價值外，更重要的是殿內還珍藏了四十二尊彩繪人像，大

▲ 座談會後在山西作協大樓前合影

多為宋代流傳至今的原塑像，其中五尊是宦官，四尊是著男服的女官，侍女像共三十三尊，這組塑像也突破了一般殿宇宗廟建築以神佛為主的傳統。

我們站在殿外往裏瞧，可清楚的看到聖母邑姜，鳳冠霞披屈膝盤坐在木椅上，神情端莊肅穆。侍女宦官分站兩旁，這些塑像造型生動自然，尤其侍女像更是宋代藝術家創作的精品，每個侍女像的臉龐或清秀或圓潤，神態或天真或幽怨，年齡或長或少，個個都性格鮮明又有特色，甚至對相同款式服飾的塑造，也藉由衣紋的飄逸角度的不同來銓釋其同中有異。

最為後人所稱道的是，這些侍女們面部的神情栩栩如生，充分表現宋代藝術家手法的純熟與精湛。其中最著名的一尊像，一張面龐同時顯露出強作歡笑，與低眉愈哭兩種截然不同的表情，不但傳神又自然，也完全掌握宮中侍女當時生活的無奈。如此細膩地經由面目神情來表達複雜內心世界的雕塑手法，使後人在觀賞塑像的同時；也能體會這些失去青春與自由侍女們內心的複雜情緒，真是罕見的極品，被稱為晉祠三寶之一，實不為過。

整座祠院並非興建完成於同一時期，但由西至東的台、橋、樓、殿、與從南到北的祠、宮、泉、塔、和諧又緊密的集中在一起，卻也顯得精巧而有章法，形成一種如廟觀院落；又如皇室宮苑的特殊建築群體。再加上所保存的悠久文物與稀有建築技巧，使晉祠成為一座觀賞價值極高的旅遊名勝。

當天下午我們拜訪山西作協，並有一場座談會，山西作協目前的辦公室與接待所，是使用舊日閻錫山的辦公室，當負責接待我們的人員引領我們進入這棟兩層樓的古樸建築時，我們就猜想到這棟建築可能頗具歷史性。

未到山西前，我已略知山西是個文學大省，事實上；山西具有悠久的文化傳統，與全國其他各地的文學交流也很頻繁，除了許多著名的雜誌與刊物外，山西的報告文學也頗具知名度，從半世紀前的著名小說創作，到如今因應市場競爭而轉型的記實與報導文學，都具有強烈的社會代表性。

與會的作家們熱愛文學的真情隨處可見，短短幾小時的相處，我們彼此越談越投機，更加感受到山西文人的率性與執著。我當時只覺得，那些文友的真性情，正是我所熟悉的自古文人雅士風範。晚餐時，我們意外欣賞到山西文友開懷暢飲當地著名汾酒後高聲歌唱的豪邁，汾酒本已令人陶醉，清唱鄉音古調更令人沉醉。就在這引吭高歌，隨聲附和的歡樂氣份中，我們與山西文友們享受了一頓歡樂無比的豐盛晚餐。

第二天一早，我們去遊覽五臺山，當我們到達五臺山前，全團隊友並未決定是否要登上一千零八個台階；去欣賞山頂的古蹟與美景？非常幸運的，冬季停駛的纜車在我們到達前一天剛開始恢復營運，節省了大家向上攀爬的體力，但遊罷黛螺頂風光漫步下山時，大伙才感到自己的體力已明顯退化，走到半途已感覺體力不繼，腰酸腿疼，頻頻停下來休息，若不是纜車代步節省我們一半體力，我們真的無緣一睹山頂雲霧繚繞的壯麗景色。

有人說「黃山歸來不看岳，五台歸來不看廟」我則覺得；遊五臺山值得一看的並不僅只有廟宇，許多歷史遺跡也都極有特色，例如在顯通寺大文殊殿前，我見到康熙御制「無字碑」。古人立碑；原是為了留傳後世，按理應有銘文，但空無一字的無字碑，卻更容易引得遊客去探討立碑的原由。

在五臺山的第二天清晨，居然欣賞到難得的雪景。一夜之間，山景迥異，前一日黛綠古樸的老松，披上白色外衣後，顯得精神抖擻。金閣寺的瓦頂也佈滿皚皚白雪，雖不見往日耀眼的金光，卻增添了幾分神秘。這場意外的春雪，似乎就是為歡迎我們這批遠來訪客而落下的。

此行的最後一站是上海，我們在到達上海以前，就已得知上海作協所在地有美麗的庭園。當我們進入園中，果然被那花木扶疏，有噴泉又有雕像的美麗園景所吸引，紛紛攝影留念。

在會議廳內熱情的接待人員和我們一一交談，並向我們介紹上海作協的現況，原來上海作協成員除了在散文、小說、詩集等較傳統的創作方面頗具成就外，一些較年輕的作家，在影劇與電視和動畫電影方面的創作成就也很可觀。多元化的作協

▲ 在上海中國作協花園會後合影

成員與成就，就如同這個天天都在進步的多元化大城市一樣，每次來訪，我都留下深刻的印象。

愉快又收穫豐富的交流訪問活動，在拜訪完上海作協後結束，隊友們有的轉往其他城市繼續遊玩或探親，有的直接飛回美國，感謝主辦單位的體貼與週到，為我們安排適當的交通工具。離別相處兩週的隊友，當然都滿懷不捨，但在相約明年再見的祝福聲中，我們都為下一趟旅程許下了深情的期待。

二〇〇七年五月十二日

春遊處處見驚喜

十多年前我就已遊覽過北京的大觀園，這座園子；原來是為拍攝電視連續劇《紅樓夢》而建造的。初次來訪時，我就覺得它不如原著中描述的那般富麗堂皇，尤其前年我遊過江南第一名園「拙政園」後，更覺得這座大觀園無法與原著中的園子相比。（註：近代有學者研究後推斷，紅樓夢中許多建築形式都取材于拙政園。）

不過這次「舊地重遊」，我仍然滿心歡喜，初春的北京，已是群花飛艷，園子裡春意盎然。我發現一株大樹上的花朵，不同於其他矮樹枝上的紅花那般嬌豔，卻有種說不出的高雅，令人忍不住想多看兩眼。

走近瞧瞧，那高掛枝頭的花朵，無論盛開或含苞，都顯得雍容端莊。能有這般氣質的花種，定非凡花，果然；樹邊的牌子上寫著「木本海棠」，原來是有「解語花」之稱的海棠，難怪如此脫俗。

我對草本海棠較熟悉。但長久以來，令我著迷的；卻是古人筆下與海棠有關的詩詞，無論是蘇軾或李清照，都曾為海棠留下了膾炙人口的詩篇。

我愛東坡的「東風裊裊泛崇光，香霧霏霏月轉廊，只恐夜深花睡去，高燒銀燭照紅妝。」更愛清照的「昨夜雨疏風驟，濃睡不消殘酒，試問捲簾人？卻道海棠依舊，知否？知否？應是綠肥紅瘦。」

眼前這株海棠，並非最美的一株，大觀園也絕非最佳的觀賞海棠之地，但卻是我首次發現這種木本海棠之地。轉身又見一株紅花多於綠葉的嬌豔樹林，原來是榆桃，與海棠相比，這株榆桃似乎太過濃艷。

在北京最後一天的下午，我們遊罷什剎海，準備搭車去餐廳吃晚餐。走著走著；我的視線被路邊一株不知名的紅花深深吸引，在夕陽的餘暉中，它仍努力的綻放著，沒有絲毫倦意。我喜歡花兒的這份執著，立即按下了快門，為北京的四月春，留下點特殊的黃昏景色。

轉過身來；發現一群人，正專心凝視地面。隨著眾人的目光尋過去，我發現大伙都在欣賞同一個鏡頭——一位老人，手執一個如掃帚般的大桿，在地上振筆急書，這是啥？表演還是賣藝？看來都不像。只見四週的觀眾屏氣凝神的欣賞，我也不便隨意開口發問，先留下幾個鏡頭再說。

終於；老人停了下來，我與同伴急忙趨前請教。老人說；他在練氣功，這支大筆是特製的，中空的木桿，頂端倒插著一個裝滿水的塑膠瓶，木桿的另一端是一大塊海綿，這塊海棉；被修剪得如同毛筆筆尖般的形狀，當筆尖觸地時，就可顯示出清晰的「水」體字型。

暫且不談書法練功這門學問的趣味與功效，就衝著這支特製的大水筆，我已驚訝得目瞪口呆。這門功夫，始於何人？我不得而知，只覺得這項發明，與歐陽修母親的以荻畫地學書一樣的有創意。

二○○七年五月十九日

逐花而遊

離開北京那天的清晨，頗有些涼意。在趕往機場的路上，同伴們似乎都在對北京做臨別的巡禮，靜靜地凝視窗外不斷閃過的景色。突然；聽到一聲驚叫：「我看到迎春花了」，隨著叫聲，我轉過身去，見到一簇簇明媚的小黃花。我不由得問道：「那就是迎春花嗎？」友人告訴我；有「初春使者」之稱的小黃花，就是中國人俗稱的迎春花。

此刻我的睡意全消，不由自主的輕聲哼起那首熟悉的歌來：「正月裡來迎春花兒開，迎春花開人人愛，迎春花呀處處開呀！幸呀幸福來——。」算算時間，現在正是陰曆二月初，應該還是迎春花開的時節吧！

也許是一種狹隘的聯想吧！我總將紅色與花和春天，連綴成一幅想當然耳的春景。所以對閃過眼前黃色的迎春花感到格外好奇，沒看夠，也沒看清楚，在接下的行程中，我用心尋找迎春花。

到大連後；我對這處處都是現代化高樓的城市，並沒有太多的留意，仍繼續專注著尋找那幾小時前才映入我腦海中的小黃花倩影。就連同樣是初識的喜鵲，也無法奪去我對迎春花的那份鍾情。

終於；在瀋陽我尋著了。當我們在張作霖故居，參觀完大青樓，一行人正隨著地陪往下一個景點移動。我發現一堆假石山旁，有幾叢點綴著小黃花的樹枝，旁邊的那株大樹，仍只是未著葉片的枯枝，可見天氣依舊寒冷。當我確定那就是迎春花後，迫不急待地拿起像機，捕捉這些小黃花的倩影。從鏡頭中；我看到古樸的樓房，蒼勁的樹幹與幾叢枯枝，大地仍透著絲絲寒意。只因這精神抖擻小黃花的陪襯，鏡頭裡的景色卻都鮮活了起來。

離開大連；我們飛往太原，山西的氣候較溫暖，在晉祠的花園裡，應接不暇的春色中，我輕易的認出了迎春花。也許氣候使然，這裡的花朵都明麗耀眼。

我見到一株陪襯在不知名紅花旁的迎春花，它像一位風度翩翩的紳士，保護著身邊嬌豔的紅花。

我更喜歡門口的一大片迎春花叢，儼然已成為這花園中主角的黃花們，似乎已引來大批遊客的青睞，紛紛與它合影的結果，花叢下的草坪幾乎被踏禿。看清楚這點，我當然不忍心繼續踐踏草坪，遠遠的拍照留念。其實；又何必一定要與它合影呢!?這迎春花充滿活力的倩影，已深映我腦海，在今後每一個春季到來時，我都會再打開記憶的匣子，作一番回味。

在離開晉祠前；我被另一株美麗的紫花深深吸引，聽同伴說；這就是紫丁香，我初識「香」花倩影，走到樹下認真的嗅嗅，有一絲淡淡的香，雖與我的想像有些出入，但真的很美。

二〇〇七年五月十九日

詩情畫意道園林

江南園林甲天下，蘇州園林甲江南，來到蘇州觀賞園林，如果只顧著聆聽地陪或解說員的介紹，可能無法深切體會出園林景觀中詩情畫意的一面。因為園中景色隨四時有異，而四季植物不同的風貌，也為園景帶來不同的情趣。若能慢慢瀏覽；靜靜品味，較能體會出園林景觀詩情畫意的一面。我以極短的時間走訪了拙政園的部分景觀，雖不能窺其全貌，卻也留下了許多詩情畫意的回憶。

拙政園，許多人將它視為蘇州園林中的經典之作，明正德四年，公元一五〇九年，由御史王獻臣初建，建園之初，王氏就著意栽花植林，早期王氏拙政園三十一景中，有一半以上的景觀取材自花木，幾百年來，雖歷經興衰，但古樹名花，總會因為四時的交替，而產生動人心弦的變化。

王獻臣棄官歸隱後；決心寄情山水，才購地建造林園。「拙政園」命名的由來，是取自晉代潘岳的〈閑居賦〉，所謂拙者為政，指的是以澆花種菜作為自己「政事」的一種生活。

事實上；拙政園是由於文徵明的參與而成為名園，文氏以詩，書，畫三絕而頗富盛名於當世，王氏歸隱後；與文徵明交往頻繁，文氏十分欣賞王獻成的人品，故而兩人交情甚篤，建園之初；文徵明曾五次畫〈拙政園圖〉，並在園中手植紫藤。徘徊於園中，隨處可發現他的蹤跡，如待霜，放眼，涵青等亭的匾額，雪香雲蔚庭中的對聯「蟬噪林愈靜 鳥鳴山更幽」都是出於他的手筆。園以人名；人以園傳，如果說王獻臣因建園而留名於後世，那麼拙政園能成為江南名園，就該歸功於文氏了。

十月中旬的江南，正是秋風送爽，桂花飄香的時節。我在午後踏進江南第一名園拙政園的園門，雖然園內遊人如織，但進入眼簾的洵美佳景及亭台樓閣，使我迫不急待的想一睹這園林的迷人風貌。

漫步在園中；猶如置身於一幅山水畫裏，以水為主的拙政園。更以賞荷而著名。初秋時節，池中雖不得見那田田荷葉的丰姿，却仍處處可見到殘荷的蹤跡，數大也是一種美。據說；除「遠香堂」外；「芙蓉榭」「荷風四面亭」與「留聽閣」都是賞荷的絕佳處，荷花無論初，盛，殘，敗四時可賞。晴，雨，霽，夜各有其妙。拙政園「四面荷花三面柳，半潭秋水一房山」的景色，應是令人心曠神怡的，雖然我到訪的時節，只有滿池的殘荷，但陣陣撲鼻的桂花清香提醒了我；何不在此體會一下李義山詩句中「秋陰不散霜非晚，留得枯荷聽雨聲」的境界。

拙政園自建園以來的數百年間，雖數度易主，但歷任園主都具有極高的文化素養，當然他們所邀約的賓客，也不乏能詩善畫的文人墨客。園主們既本著「以詩為題」「以畫為本」的原則；來種花植樹與興建庭園，賓客們在園中雅集，往往受到園林美景的激發而吟詩作畫，並撰聯提匾以點綴亭榭，兩者相得益彰，不但豐富了園景，也為園林注入了詩情畫意的文化生命。

二○○七年五月十九日

麵食之鄉——山西

山西麵食變化多端，我自幼就已耳聞。聽父親說；抗戰時期有段時間，他隨軍隊駐紮在北方，部隊裡有位山西廚師，不但一日三餐能烹煮不同口味的麵食，就是一個月下來，也少有重複的時候，使得父親這個標準的南方人，也吃不膩那多變化的麵食。

父親的話應該不假，但我實在無法想像，山西人是如何發明出如此多樣化的麵食。我屈指能算得出又品嚐過的，大概只有刀削麵和貓耳朵吧！

來到山西後，我才了解山西麵食的歷史非常悠久，已有兩千多年的文化傳統。山西麵食的特色是材料多元化，種類豐富又多采。最常見的材料除小麥外，還有蕎麥麵，莜麵，豆麵，高粱麵等。當地在春冬兩季的漫長時光裡，缺乏多樣化的新鮮蔬菜，聰慧又勤勞的家庭主婦們，為使家人的一日三餐可口又多變化，費盡巧思，就地取材，竟變化出多種美味可口的麵食。代代相傳至今已有400多種，花樣與種類繁多，居全國之首，「麵食之鄉」絕非浪得虛名。

麵食專家認為，山西麵食的特色，不僅在於獨特的風味與鮮明的地方色彩，更在於它多樣化的烹飪方式，最終形成了「一樣麵百樣做」，「一樣麵百樣吃」的傳統。

品嚐山西麵食，還有兩大講究；一是澆頭，就是調味的醬汁，同樣的麵澆上不同的汁，就有不同的風味。葷素不同的變化，要品嚐百樣不同口味，並非難事。第二個講究是搭配麵食的小菜，這些菜碼常隨四季而有異，再配上酸甜苦辣五味俱全的調料，就組合成變化無窮，百吃不膩的山西麵食了。

遊山西不品嚐麵食，就如同沒到山西。如今山西的許多餐廳，將味覺與視覺的享受結合為一，我們這次到山西旅遊，不但嚐到了刀削麵，拉麵，剃尖，莜麥栲栳栳等這些頗具地方特色的麵食，也欣賞了精采的表演。

師傅首先表演「莜麥栲栳栳」的做法，據說這種麵食是唐太宗李世民所發明的，當年李世民由太原起兵，為了讓將士吃飽，就以山西特產的莜麥，蒸製成一種捲形的麵食，再澆上羊肉調製的湯汁，吃起來不但味美；嚼起來更有勁力又爽口。而「莜麥」又是一種營養豐富的食品，所以深受官兵喜愛，這種麵食，後來逐漸傳入民間，廣為流傳至今。取名「栲栳」是為了紀念李世民，有「犒勞三軍」之意。

這種麵食製作簡單，不需使用任何工具，只見師傅用三隻右手指揪下一小塊已揉好的面團，放在右手掌下輕輕一壓，然後用左手的食指一繞，就完成一個栲栳栳，將作好的栲栳栳一一豎立放入蒸籠蒸熟後，拌上澆頭與佐料，即可食用。

只見師傅動作極為純熟，將這揪，揉，壓，繞的步驟連成一氣，頃刻間一小籠栲栳栳就快完成了。師傅邀請我們也來試著做，等我揪下面團，壓成麵片，想要繞在食指時，才發覺這看似簡單的動作，做起來並不容易。

刀削麵是山西最具代表性的麵條，製作時需要使用特別的刀來削，削出的麵葉中厚邊薄。棱鋒分明，外形看起來如同片片柳葉，吃在口裡滑而有勁，軟而不黏。傳統的操作方法是；一手托麵，一手拿刀，直接將麵削到開水鍋裏，我們是在欣賞表演，所以只見片片如柳葉般的麵條，都落在桌上。

這種麵條的起源；據說是始於蒙古人建立元朝以後，為防止「漢人」造反起義，將家家戶戶的金屬全部沒收，並規定十戶共用厨刀一把，切菜做飯輪流使用，用後再交回韃靼保管。

一天中午，一位老婆婆將麵團準備好後，請老漢去取刀。結果刀被別人取走，老漢只好返回，在走出韃靼的大門時，腳被一塊薄鐵皮碰了一下，他順手撿起來揣在懷裏。回家後，鍋中的水開得直響，全家人都在等刀切麵條吃。可是刀沒取回來，老漢急得團團轉，忽然想起懷裏的鐵皮，就取出來說：「就用這個鐵皮切麵吧！」老婆婆看這鐵皮薄而軟，嘟喃著說：「這麼軟的東西怎能切麵條。」老漢氣憤地說：「切不動就砍」。這「砍」字提醒了老婆婆，她把麵團放在一塊木板上，左手端起麵版，右手持鐵片，站在開水鍋前「砍」麵，一片片麵片落入鍋內，煮熟後再撈到碗裏，澆上鹵汁讓老漢先吃，老漢邊吃邊說：「好得很，好得很，以後不用再去取厨刀切麵了」。如此一傳十，十傳百，傳遍了普中大地。

原始的刀削麵，經過這幾百年的流傳與改革，逐漸演變成現在的模樣。山西刀削麵柔中有硬，軟中有韌，澆鹵或炒或凉拌，都有獨特風味，食用時如略加些許山西老陳醋，則風味更佳。

當晚親眼見到師父頭上頂著麵團，仍能削出薄如柳葉的麵條，不免感嘆到如今的刀削麵不僅是一種飲食文化，也是一種表演的技巧。

龍鬚拉麵是流行於太原一帶的傳統麵食，原是宮廷內的食品，後來流傳到民間。據說；「龍鬚」是古代皇帝所賜的名字，可能因為這種拉麵細如髮鬚而得名。

師傅摔麵時，姿勢優美，只見那麵團不斷的被摔開，捲起，再摔開，再捲起，如此十數扣以後，師傅將拉好的麵，放在灑滿麵粉的桌上，然後兩手像搭毛線般地將麵摠開並抖動，頃刻間；纖細如髮鬚的麵條就呈現在眼前了。

在一旁屏息觀看的朋友，都紛紛按下快門，將這嘆為觀止如魔術般的表演，帶回去與家人和朋友人分享。

這時，在一旁的女服務員，拿出打火機，點燃麵條，麵條立刻起火燃燒，對著持續冒出火焰的龍鬚麵，服務員說道：「這塊麵團經過這翻來覆去的摠與拉，已完全失去水分，所以點火即著。」

這種細如髮絲的龍鬚麵只能炸來吃，同時服務員也透露；有人嘗試過用龍鬚麵來穿針，結果是；能輕易穿過一般縫衣服使用的針。我們雖未親眼見到這項表演，但就眼前所見這細如髮絲的龍鬚麵而言，要完成穿針的任務也非難事。

據專家介紹，山西麵食的烹製方法有十餘種，包括；蒸、煮、炒、燜、炸、烤、烙、貼、燴、煎、汆，同時也保留了一些原生態的烹煮法，如石烹。

當我們離開喬家大院時，意外的發現到有位賣「石烹餅」的婦人，隊友買了一張餅，使我們有機會照相留念。這種石烹的技巧，承自遠古 ，將烤熱的石頭，放在擀得極薄的麵皮上，藉著烤熱的石頭將餅烙熟，這張餅吃在口裡，我不但咀嚼出山西人的智慧，也品味出祖先們的智慧。

二〇〇七年六月二日

護梨

今年春夏之際；達拉斯多雨，與去年大旱的情況迴然不同，不但氣候涼爽，而且花果樹木得到足夠雨水的滋潤，都長得極為茂盛。

我家院子裡的三種果樹；桃子，無花果和亞洲梨也都結實累累，但請別羨慕，這些果實我們可沒福氣吃，每年都有食客搶在我們之前，解決所有的果實。

這些食客是我們後院的霸主，牠們的數量有多少？我不清楚，但我知道牠們的食量驚人，究竟這些霸主是何方神聖？乃野兔和小松鼠也！

屈指算來，搬到這棟有大院的宅子已七年了，我也習慣將這些果樹視為「觀賞植物」，初春綻放的桃花李花，紅白相映，花期雖短，倒也賞心悅目。無花果雖無花可賞，卻引來鳥兒棲息，每當我偷得浮生半日閒，泡杯香片，坐在臨窗的早餐桌前，展開書卷專心閱讀，偶而會被我那隻寶貝貓兒打擾，看牠急匆匆的豎著雙耳，跑到我坐椅前，圍著落地窗打轉，我就知道窗外又有鳥兒來覓食。這時我只要往窗外望去，總會發現鳥兒在啄食無花果，如果運氣好；發現幾隻色彩鮮豔的紅鳥和藍尾鳥，並非難事。

大多數鳥兒啄食無花果的姿態都非常優雅，不慌不忙的細嚼慢嚥，偶爾抬頭四處張望，圓鼓鼓的小腦袋晃來晃去，煞是可愛。我與貓兒都很有默契地；屏氣凝神在窗內觀賞，也許是受到這一幕幕賞鳥啄食趣味景象的影響，我似乎已默認；後院的所有果實，都該歸這些飛禽與走獸們享用，從未產生與牠們「爭食」的念頭。

上個月底一個週日的黃昏，我從梨樹下經過，居然發現還有三顆梨子高掛樹梢，兩顆比台灣的青棗子大，另一顆幾乎有我拳頭那般大小，這是我從未見過的景況；以往這棵樹上的梨子，最大只會長到青棗子那般大小。就被那些「鼠輩」們全部解決了。

看到今年梨子「豐收」的「盛況」，我與老公都很興奮，但也有些納悶，為何今年會有這些倖存的梨子呢？在後院仔細瞧了瞧，我們找出結論；今年的桃子也是大豐收，前幾天的一場暴風雨，吹落滿樹的桃子，如今草地上滿是落果，我想；有這麼多現成的食物，難怪後院的小動物們也懶得上樹去摘梨啦！

此後每天上班前，我多了一件工作，一定記得先去梨樹下數梨；「一、二、三，一個也不少。」然後我關上車庫與車門，安心上班去也！臨走前，看到野兔正在享受落在桃樹下的桃子，我在心中默念：「兔子啊兔子！咱們各取所需，請別打我梨子的主意喔。」也許是我們從不干涉這些小動物的緣故吧！這些小傢伙從來都不怕我們，關車庫與車門的聲音嚇不到牠們，發動車引擎的響聲也驚不著牠們。有次我下班回家，看到松鼠正抱著無花果，在車道上大喇喇的慢行，我立刻停車「禮讓」。唉！有時我也迷糊了，到底誰是這院子真正的主人？

一個星期過去了，那三顆亞洲梨，在我「關愛眼神」的滋潤下，安然無恙的在樹上平安成長。又到週末；在外地工作的女兒回家渡假，她早已聽說後院有三顆「劫後餘梨」。早起第一件事，我就陪她到後院「賞梨」，哎呀！一夜之間，兩顆矮枝上的小梨失蹤了，如今只剩下唯一的一顆較大的梨子，還掛在樹上較高的枝頭。仔細的查看後；確定我那兩顆「愛梨」已遇難，失望，氣憤之餘，先為這顆倖存的梨子攝影留念，然後決定展開護梨行動，希望能保住這最後一顆即將成熟的梨子，嚐嚐自家後院「樹頭鮮」的滋味。

與女兒在樹下商量，有種保護蘋果及其他水果的護套，也許可保住這顆梨不被松鼠吃掉，若將這種護套綁在梨枝上，梨子仍可受到陽光的照射繼續成長。

大約二十分鐘後我們找到護套，娘倆再到後院觀察，應該如何著手護梨？這時我們卻發現最後的梨兒也已落地了，梨身上有清楚的小動物齒痕，論起爬樹的本事，這起「盜梨事件」，松鼠的嫌疑比野兔大。女兒在失望之餘，也只能苦笑著說：「大概這梨子太酸，松鼠不喜歡，吃兩口就丟棄了。」我則說：「真可惜！還好我們已為這梨子攝影留念。」

原以為今年已無梨可吃，沒想到一週後，在濃密的梨葉中，我又發現一顆亞洲梨的「倩影」。這次我沒有採取任何護梨行動，因為我想區區一個護套，可能也阻止不了這些凶悍的小傢伙。況且這兩天滿樹都是成熟的無花果，餵飽了牠們。果然這回我的運氣不錯，一星期過去了，我正在盤算著何時該摘梨，朋友卻送我一袋摘自她家後院的亞洲梨，我發覺這種與我家後院相同的梨子，每個都味甜又多汁，而且體積都不大就可採食，換句話說；我家後院的那顆梨，應該已成熟了。

這回終於「梨落我家」，第一次嚐到後院果實的滋味是很特殊的；既甜在口中。也惱在心頭。想到被鼠輩們「糟蹋」了七年的鮮果，可惜！但明年又該如何護梨呢？趕快請教這位朋友，她說去年她家梨樹初次結果，被松鼠吃得一顆不留。今年她在樹上放了一個稻草人，也只護住了一半的梨。看來；明年我若想吃自家後院的梨，非得要提早展開護梨行動不可。

二〇〇七年七月十八日完稿於達拉斯

二〇〇七年八月二日刊登於世界日報家園版

化作春泥又照君

雖然那已是上世紀的往事，但在月兒記憶深處；仍有著揮之不去的感覺。因為那真是一份最清純的情感，更是她對異性的第一次好感。

不記得那種感覺始於何時？只知道那已不再是單純的喜歡了，啟亮是月兒的鄰居，比她大三歲，他身強體壯，愛說笑話，更是戶外玩樂的高手，帶著月兒和其他玩伴一起上山下海，總有著新鮮的點子去發洩多餘的精力。月兒家中只有一位大她八歲的姐姐，每天只顧忙自己的事，沒時間照顧這位小不點妹妹。

月兒與年齡相近的眾玩伴們一起戲耍，大伙的感情不亞於親兄弟姊妹，只是月兒生性怯懦，體質又羸弱，驚險刺激的戶外遊戲，她總是力不從心。好在有啟亮，他從不視月兒為累贅，總是對她照顧有加，也許是這個原因，月兒對啟亮早已產生好感，是崇拜，依戀，還有一種說不清的愛慕？

月兒喜歡和大伙一塊玩，是因為有啟亮帶頭，除了有一種想像不到的刺激外，還有一種喜孜孜的甜蜜感，那應是一種早熟的情愫，經過了半個多世紀，回憶仍是如此鮮明，可見這份情愫在月兒心中的份量。

月兒常想：如果沒有啟亮，她的童年將不致多采多姿。但是，無論多麼精采有趣的童年，總經不起歲月的催促，兩人漸漸長大了，繁重的課業取代了無憂無慮的玩樂，與啟亮見面的機會越來越少，但那種喜孜孜的甜蜜感卻有增無減。月兒家與啟亮家僅有一巷之隔，在那個沒有太多吵雜車聲的年代，月兒坐在書桌前，常可聽到啟亮粗聲粗氣的說話聲，那正是少女情懷總是詩的年華，月兒將自己在那段日子裡的心情，點點滴滴的記在日記本裡。如今，她已完全不記得當時寫了些什麼？但那種青澀又甘甜的感覺，卻一直鮮活的隨著她成長。

可惜，成長中的他們有著截然不同的性向，好動的啟亮不但成了拒絕參加大專聯考的小子，就連高中也無法唸完，提前服完兵役，就去跑船了。那段日子裡，月兒正被聯考的壓力逼迫著，閱讀小說是她最喜歡的一種自我放鬆法。而她也常將小說中的人物現實化，經常將啟亮與她自己想像為書中的男女主角，她的情緒也就隨著書中的情節而起伏，就是這種移情作用，令她心中對啟亮的愛慕感也如夢似幻般的日漸增長，只是月兒將這份情感埋藏在心底，視它為一種不能與人分享的秘密。

就在月兒參加大專聯考的前幾天，啟亮回到台灣，他不再跑船了。用積蓄在台北開了一家食品店，接著傳出啟亮結婚又離婚的消息。如今回想起來，月兒已記不得當時是以怎樣的心情去面對那時的種種？因為她對啟亮的感情，一直是心底的秘密，在那愛作夢的年紀，她早已將啟亮視為托付終生的對象。只是，悄悄編織的夢，終究是一場空。

也許是長大了，也許是夢醒了，月兒對啟亮依舊存有好感，但已不再是那種如夢似幻的迷戀，取而代之的是一種如兄長般的敬愛，這種較真實的感情，使她與啟亮之間的互動變得更為實際。

啟亮再婚後，搬回鄉下照顧寡居的母親，月兒也在結束短短三年婚姻後，帶著幼女返回娘家。歷經婚變後的月兒，對感情的看法成熟多了，平時閒來無事，或生活中需要某種商議時，啟亮總是最佳人選，無論怎樣的問題，他都能替月兒想辦法解決。月兒對他有一種難以言喻的信任與依賴，他在月兒心中的地位是微妙的，像兄長，又像情人，但無論是那一種角色，月兒對他都不再有激情。

月兒曾問過啟亮：「你可知道我從小就喜歡你。」啟亮笑了，笑得好親切，他一直都知道，自從月兒送他去服兵役那天起，他就看懂了她的心。後來，兩人雖各自擁有自己的一片天空，但時空造成的距離，並未改變兒時培養出的感情，只是他兩心裏都明白，那種毫無慾念的純情，應該永遠不沾慾念，也許是因為太純淨了，這段真情才能毫不變色的保存在月兒的記憶中。

桂花香裏遊江南

秋遊寒山寺

到蘇州的第一站，就去走訪「寒山寺」，所不同的是；我並非以看寺廟為主，而是要去尋訪那落第書生張繼題詩靈感的停泊處。

中國自有科舉以來，落第世子不計其數，但大多都沒沒無聞的淹沒於歷史的洪流中。唯有張繼，藉著一首〈楓橋夜泊〉而留名千古，只因此詩道盡了與功名無緣的絕望心境，不但是天地同悲，也博得後世千萬讀者的共鳴。

地陪告訴我；當年張繼的客船，是停泊在寒山寺外的運河邊。而我在寺廟院內迴廊的牆上，看到一些石刻的〈楓橋夜泊〉詩句，雖看不出篆刻的年代，但可感受到篆刻者那份懷念之情，尤其令我感動的是，碑文都加上了玻璃框，可見保護古蹟的意識已愈發強烈。

終於來到了楓橋邊，我看那橋邊的船隻與張繼的銅像，年代都不算老舊，心想可能是當地政府為發展觀光而配合詩文興建的。

就在我面對此景大發思古幽情之時，地陪的解釋在我耳邊響起：「據說當時張繼是以手指沾江水，將詩寫在甲板上的，因此本地人流傳一種說法；只要摸一次金手指就可求錢財，摸兩次可求祿位，摸三次——」，我不等他說完，就笑著答道：「如果摸過金手指，就能得到寫詩的好靈感，我會考慮試試。」

有時我覺得；中國這民族真是坦白得可愛，雖說金錢非萬能，但只要與金錢名利沾邊的話語，都可歸於吉祥話，說出來總是討喜。此刻我則覺得，張繼因詩得名，若硬要將他的詩名也與金錢名利並論，似乎有些不妥。

蘇州運河

根據我學生時代的記憶，對隋煬帝修鑿的人工運河，總習慣加個「大」字；所謂「大運河」，想必是寬廣無比。但如今面對這混濁的江水，不甚廣闊的江面，我似乎要修正以往的認知。想想也是，以一千多年前的人力與物力而言，能開鑿出如此幅度的人工河道，已經極為不易。

這條河渠，至今仍有經濟價值，面對著川流不息的船隻，我心中百感交集，希望這條牽動著民族命脈的河道，能永遠留存，不要遭到與時代進步相衝突而被淘汰的命運才好啊！

拿起像機，攝取幾個值得留念的鏡頭，看那運河遠處林立的高樓，與河邊新建的社區，以及寒山寺的塔頂，都與這古老的江水搭配成趣，我發覺我的顧慮似乎是多餘的，這個城市已經是今古並存了。

園林桂花香

沁人心脾的桂花香，瀰漫在蘇州的園林中，秋高氣爽的時節我來到江南，又頗為幸運的沒遇上惱人的秋雨，所以無論走到何處，都遊興不減。

江南園林甲天下，蘇州園林甲江南，秋季遊園唯一的遺憾是；無法欣賞到似錦的繁花，但卻可讓嗅覺滿足。我漫步在拙政園與留園中，飄然於濃郁的花香間，有些陶醉，又有些許悵然！不知如何才能與友人分享我此刻的心情？像機能留下有形之物，卻留不住花香。

抽絲剝繭

我與外子都對中國固有的紡織文化深感興趣，上次在杭州，付了大筆導遊費，卻只看到了現代化的機器紡織。

這次在蘇州，卻意外發現一間絲織場，學習到一些以往不曾聽過的知識，很是興奮，特將這意外的驚喜寫下來與好友分享。

小時候我養過蠶寶寶，但都是在吐絲結繭後丟棄，直到參觀過這間紡織廠，我才明瞭什麼是「抽絲剝繭」。

解說員邊說邊做的秀給我們看，將每十個繭組成一堆，放入熱水中，用一支特殊的小竹器（一節竹子，一端手可握住，另一端以刀略劈開成四小片分岔的竹片。）將這竹器放在繭堆中攪動，不一會兒，絲線頭就被這分岔的竹片攪了出來，幾番攪動後，十個繭的線頭都被攪出，就可將這組線頭放在機器上進行抽絲的工作。

接下來的說明，更讓我大吃一驚，原以為每個蠶繭內只有一個蠶寶寶，其實不然；有許多雙蠶一起吐絲而結的繭，因線頭無法縷出，只能將繭剪開，以人工將一團團亂絲慢慢拉開，竟也能拉出如蜘蛛網般不規則的絲網。無數的絲網疊在一起，就可製成既輕又暖的絲被，而那些單繭抽出的絲，自然就是織布的原料了。

太湖蟹

前陣子，又在新浪網站看到有關大閘蟹的負面新聞，想起去年十月，我與老公在上海看商展，順便到蘇州、南京等地遊覽。往來在滬寧高速公路上，多次經過陽澄湖，都無暇專程去「看螃蟹」。卻在遊太湖的路上，我們意外的發現一處養蟹人家，停車下去一看究竟，主人很客氣，准許我照相。詢問之下，我才知道，照片中的這些螃蟹，都是年初開始養殖的，秋季正好收成。

陪我們同行的司機是上海人，很想買些回家，立即以手機與太座聯絡，結果發現，養殖廠的價格比上海菜市場還貴。

我在去上海前，曾問過一位時常去上海的朋友，對品嚐大閘蟹後的心得，她說：「有吃沒有懂耶！」（意指吃不出有何特殊），看來外行人總是蹧蹋美食。

我則是「有看沒有懂」，我不懂為何這些吃玉米的蟹兒，個頭就如此袖珍？是品種不同？還是飼養的方式不同呢？所以我問飼養場的主人：「太湖的蟹與陽澄湖的有何不同？」他說：「都差不多啦！只是陽澄湖的蟹比較有名」。

鍾山謁陵

我終於踏上了鍾山，耳邊似乎響起金嗓子歌后周旋嘹亮的歌聲「巍巍的鍾山，巍巍的鍾山，龍蟠虎踞石頭城。——」面對著熟悉的白牆藍瓦，我卻舉步艱難。

巍巍的鍾山，雄偉又莊嚴的建築，伴隨著勞碌一生，不求名利的偉人長眠於此。我以朝聖般的心情，來追思緬懷這位大公無私的民國開創者，情緒激動得久久不能自已。

慢慢的踏著石階而上，發現許多遊客正圍看著一個大鼎，仔細端詳後，我立刻以像機拍下了這個畫面，這鼎原是南京百姓迎接 國父靈柩時所呈獻的紀念物，卻在日軍攻城時受到砲彈的襲擊。

對於到此的遊客與南京的百姓而言，這個彈痕代表著不計其數無法抹平的傷痕，更是千真萬確，不容竄改的日軍侵華史實。

這次到鍾山來拜謁中山陵，我也順便走訪明孝陵，只因我上次去北京時，已去過明十三陵，而這次到南京，我還要走訪玄武湖等其他名勝，所以沒有踏上明孝陵頂就匆匆折返。

在我上車前往下一站的途中，我仔細閱覽鍾山風景區遊覽圖，發現整座鍾山，還有許多值得一去的歷史古蹟，除了我熟悉的美齡宮與孫權墓以外，我還發現一處名為顏真卿碑林的寶地，以及一處梅花山。

邊看邊想，我已開始計畫下一次的江南遊，下次我將選擇冬季前來賞雪；據書中的描繪，鍾山上的雪景，宛如披著白色斗篷的秀麗佳人，踏雪尋梅，應是我另一個夢想實現的旅程，只是不知雪中的碑林真跡會是何等模樣？

蘇州園林

江南建築特色的花窗與造型門，我與外子在上次遊西湖時，就留下深刻印象。如今的江南風景區，經過整修後，許多窗景與造型門，都美得令我著迷。

更值得一提的是，蘇州名園中；有許多亭閣樓台的命名，都足以詮釋主人的心境。如；拙政園中有「與誰同坐軒」，軒名取自蘇軾〈點絳唇〉詞——「閑倚胡床，庾公樓外峰千朵，與誰同坐？明月清風我！」反映著詞人流連山水，只與明月清風為侶的孤傲氣質。這看似「孤芳自賞」的軒名，卻由亭內兩旁的聯語，說明主人「邀人同樂」的無私情懷。

園中有好些建築精美的亭台樓閣，我更醉心於許多篆刻精美聯語的寓意，其中有一聯語更令我印象深刻，那就是「江山如有待，花柳更無私」，藉「江山」二字比喻美好的自然風光，「無私」二字，更能見到主人要與人分享這園中景色的熱情。

我最欣賞的，則是留園的冠云台，圓形拱門上方的一塊匾「安知我不知魚之樂」，道盡主人的豁達心境。

初秋時節，園林池中雖不得見那田田荷葉的丰姿，卻仍處處可看到殘荷的蹤跡，若能再來遊園，我將選擇夏季，除了想看「田田荷葉」的丰姿外，還想一睹那多采多姿的紫薇花。紫薇夏季開花，花開花謝相接續，因此花期長達三，四個月，這可由宋代詩人楊萬里有名的詩句為證「誰道花紅無百日，紫薇長放半年花」。

在拙政園裏，夏季勝景為荷花，但荷生於池中，陸地卻是缺花時節，幸有紫薇在此時吐花，紫薇除紫色外，還有紅、白兩種，紅者名赤薇，白者為銀薇，更為稀有的是紫帶藍焰者名翠薇。而紫薇樹身瑩潔平滑，花瓣皺折有致，花色既艷，花期又長為夏季的拙政園，增添了不少賞心悅目的美景。

二〇〇六年十月十一日於達拉斯

寄情山水——賞鳥雀　友麋鹿

二〇〇五年六月底，我們到Colorado的Denver渡假，在Rocky Mountain National Park玩了一整天。山中景色宜人，由谷底的藍天白雲，到山頂的皚皚白雪，處處都是令人陶醉的美景，真是消暑度假勝地。

留連其間，足以忘憂，更足以洗滌塵俗。在飽攬山光水色之餘，我發現一件趣事；山中的鳥獸活得好自在，尤其是鳥兒，有些在平地難得一見的稀有鳥類，停在枝頭，優雅的姿態，美麗的羽毛，吸引遊客們紛紛駐足觀賞與攝影。牠們卻絲毫不受驚擾，依舊氣定神怡的棲於枝頭，像一位舞台經驗豐富的模特兒，林間枝頭都是牠們的伸展台，大大方方地向遊客展示牠們的美姿。

美國許多人家，都會在樹上掛個餵鳥器，裝滿鳥食後，自會引來飛鳥爭食。運氣好時也許會引來稀有鳥類，但在達拉斯，有一種比烏鴉略小的大黑鳥，常常成群結隊來吃現成的早餐，但當牠們一出現，其他鳥類都會驚慌四散，毫無賞鳥樂趣可言。

今年春天，我去Arizona州友人家渡假，在他們院中，我看到了Goldfinch（金翅雀）嬌小的金翅雀，以各種姿勢啄食，為春寒峭料的枯樹枝頭，增添無數情趣。

住在Ohio的日子，我曾有過愉快的賞鳥經驗，最難忘的一次是在友人家的後院觀賞Hummingbird（蜂鳥）。那是我生平第一次見到這種鳥，卻也是最美最難忘的一次。四五隻色彩鮮豔的蜂鳥，不停震動的雙翼，爭食餵鳥器中的糖水，友人告訴我；想要觀賞這種採花蜜的小鳥，糖水是最好的誘餌。

再度遇到這種蜂鳥，是在New Mexico州Santa Fe的山區。趕忙攝影留念，雖不是張美麗的照片，卻留住了我對蜂鳥的情有獨鍾。這些年來；我最大的心願，就是想再巧遇美麗的蜂鳥，據說除糖水外，還需美麗又對牠們胃口的鮮豔花朵。

美國許多森林公園與山中，都有野生鹿兒的蹤跡，在Rocky Mountain National Park我見到一群群正在草原上享受美食的鹿兒，我們與許多遊客都停車遠觀，迎著斜陽與和風，我想起蘇軾的「前赤壁賦」中；以「侶魚蝦而友麋鹿」來形容放逐於山野間的貶謫生活。我曾查考資料，中國麋鹿原產於長江中下游的沼澤地帶，以青草和水草為食，有時到海中銜食海藻。

美國鹿的種類真多，老公告訴我；Moose體型像牛，比Elk大得多，為聖誕老公公拉雪橇的是Reindeer（寒帶馴鹿）。赤壁賦中所說的麋鹿與美國Moose的習性相似。中國麋鹿俗稱四不像——頭臉像馬，角像鹿，蹄像牛，尾像驢。所以我猜想，蘇軾筆下的麋鹿；大概與美國Moose差不多吧！

我在猶他州山中路邊見過Elk，牠們似乎已習慣與人車共處。印地安人稱Elk為「Ghost of Forest」——森林中的幽靈，意思是說；這種Elk，一旦受到驚嚇，會快速驚逃，但飛奔穿越叢林時，悄靜無聲，如鬼魅幽靈一般。黃石公園中的Elk，就像這公園中的樹木一般，保持最多的自然風貌。

下山途中天空已烏雲密佈，我們停在木屋商店休息，等待急雨過後再繼續趕路。雨後山路景色分外清新，我在車內四處張望，回首漸行漸遠的山頂，我深情地凝望這片綠水青山從我視線中消失。

二〇〇七年八月七日

張曉風——我的散文啟蒙師

雖然從未聽過張曉風教授的課，但我一直敬她如師。

在那個少女情懷總是詩的年代，我也曾迷戀過虛無飄渺的散文與詩，讀讀散文，寫幾句新詩，是我排遣沉重課業壓力的一帖清涼劑。但父親偶而翻閱我那些青澀的詩句，卻發現我已陷入詞藻虛無浮華，言之無物的缺失中。

有一天；我放學回家，看見書桌上放了一本新書——《地毯的那一端》。父親對我說：「仔細的閱讀這本書吧！希望妳能從中學習到寫作的正確法門。」就這樣我認識了作者張曉風，當然也逐漸愛上她那清新細膩的筆觸與脫俗又務實的寫作風格。因此；「地毯的那一端」這本書，在我心中建立起里程碑一般的地位。

此後的歲月裏，張曉風的書一直是我閱讀時的首選。從《給你，瑩瑩》，《哭牆》到《黑紗》，我幾乎是在這些書籍中學習成長的。這時的我；從這些書中不僅只看到她字裡行間的情懷，與耐人尋味的意境，更透過書中的思維情節，去揣測作者的個性，甚至想從這些思考的結論中，去找出值得我學習的方向。至此張曉風書籍對我的影響，已不僅僅只限於讀與寫的啟迪，更甚而影響了我的為人處世。

起初；我在她的作品中，只見到纖纖女性的溫柔細緻。心想；是她婉約敦厚的個性成就了她幸福的婚姻，後來發現；她對貧窮與弱勢者充滿了無盡的愛，一種源自基督徒的真愛，每當我讀到這類文章時，總會掩卷沉思片刻；將她所寫過的另一句話——「愛是蕾，它必須綻放，」再度從我記憶的匣子中取出，因為她這精闢的比喻和詮釋，使我意識到；認識愛與實踐愛，中間是有差距的。

一位優秀作家的作品，總是與社會現實層面息息相關，在《再生緣》中，我特別欣賞那篇〈住得下去的地方〉，她在一開頭就寫著：「一個城，住不住得下去，照我看，不在市長大人好不好，不在議員先生夠不夠格，而在生意人，特別是小生意人夠不夠神氣。」於是商店的門前，果園的牆上，以及計程車內的標語，甚至地攤攤主寫下的短文，與買賣房屋商人在報上登的廣告詞，都為她帶來寫作的靈感。這些瑣瑣碎碎的細節，不但使我見到她敏銳的觀察力與獨特見解，更發覺她對社會的情懷，並非只是一種文學性的浪漫。

我更喜歡她的〈玉想〉，藉著玉，她以對比方式；為完美與瑕疵作註。當我讀到「完美是難以冀求的，那麼；在現實的人生裡，請給我有瑕的真玉，而不是無瑕的偽玉。」這句話使我意識到；現實生活中瑕疵的真實性，因而逐漸改變自己內心狹隘又不切實際的完美遐想。

詩人余光中說；她是亦秀亦豪，健筆縱橫的。畫家王藍認為；她是能博能雅，兼誇新舊的。而我；藉著閱讀張曉風的作品，不但見識到樸直的真情與摯愛，更體悟到與人為善的真諦。這數十年來，細細品味她的雋永篇章，我更學習到要用心思索生命與人生。

二〇〇七年九月十一日

▲ 作者與張曉風在達拉斯合影

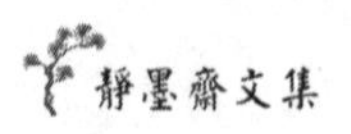

美國境內最年輕的州立公園——Kartchner Caverns State Park

Kartchner Caverns State Park在亞利桑那州南部，接近墨西哥邊境。我們早就想來此一遊，但聽說需預約，對隨興而遊的我們而言，那是一種約束，因此一直無緣拜訪這座目前美國境內最年輕的州立公園。

二〇〇七年八月路過時；詢問後得知，沒有預約也可入內參觀，只是要多付五元停車費，我們當然樂得進去一探究竟。這座公園裏的大岩洞，被公認為是世界上十大最美麗石灰岩洞穴之一。

雖然這座公園是在一九九九年十一月十二日才正式開放，但卻是在一九七四年；就被兩位洞穴探勘者Randy Tufts和Gary Tenen所發現，他二人隱藏這項秘密，直到一九八八年才對外公布。也就是說；這座公園是在人類足跡踏上月球後，才被發現，經過十多年的探勘與準備後才對外開發。

因為鐘乳石的形成與保護，需要潮濕的空氣和水分，為了避免開放後不斷湧入的人潮，帶進過多的熱氣與灰塵，破壞美麗又珍貴的鐘乳石和石筍，公園管理處使用一種特殊門——Air lock，以過濾污濁的空氣。

所有遊客在走入岩洞參觀前，需先進入一個前後都被兩扇大鐵門封住的空間，在這空間中接受霧水與濕氣的清洗，洗去來自洞外的塵埃，然後才可進入洞內參觀。當然；參觀前解說員早已千叮萬囑咐的提醒遊客，除了要注意安全，在柔和的燈光下小心前進外，特別要留意保護這些珍貴的天然寶物，不要留下任何污垢在岩石上，因為清理污垢的同時，一定會損傷岩石。

在美國我已參觀過許多類似的岩洞，但這是首次遇到不允許在洞內攝影的岩洞，正因為如此我得以專心一意的欣賞自然景觀，留下珍貴的回憶。

這是我遇過水準最高的一團參觀者，由五個家庭組成，其中只有一家帶有十歲以下的小孩，但參觀過程中沒有喧嘩，沒有嬉鬧，整團人安安靜靜跟隨解說員前行。由於保護得宜，常年保持約在華氏六十八度的洞內溫度，與恰當的溼度，進入洞內我覺得舒服極了！美麗壯觀的鐘乳石與石筍，在燈光的照射下，顯得繽紛炫麗，那種美需用心去感受，我只覺得各種特殊造型，渾然天成的鐘乳石和石筍，是大自然的瑰寶，更是億萬年天地的精華。我不得不承認；這的確是一座保有清新原始風貌的岩洞。

在整個參觀過程中；我強烈感受到與純淨自然接觸的娛悅。想到岩洞開鑿之時；工作人員匍伏前進，小心翼翼的築出路徑，我們如今才可站在寬敞的空間前，欣賞巨大鐘乳石群的壯觀景色，對於大自然與人力完美的結合，我感到驚訝與敬佩。

這座州立公園的主體，是這個充滿生氣的岩洞。它的開放，使大眾能學習到地球自然科學，並了解洞穴生態環境的脆弱，需要格外用心保護。在我遊訪這岩洞的同時，也學習到另一種生態保護的重要。

這座岩洞的另一部分——Big Room，每年四月到十月中旬關閉，為的是要保護這段期間在洞內生育繁殖的蝙蝠不受干擾。為何要如此慎重其事的保護蝙蝠呢？為的是維持自然生態的正常生息，因為蝙蝠的糞便是洞內無脊動物的食物，在整個生態系統中，有其不可缺少的重要性，如果遭到破壞，整個生態系統會受到怎樣的衝擊？目前雖不太清楚，但若要維持大自然生息的規律，就連這一小個環節也不可疏忽，這個啟示，在保護地球資源意識高漲的今天，是不可輕忽的。

走出洞外；發覺空氣份外清新，原來就在我們參觀岩洞期間，一陣大雨洗刷了暑氣與塵垢，洞外花園中一些熱帶花朵與仙人掌花，也彷彿換上新裝般的更加惹人憐愛，令我印象十分深刻。

二〇〇七年九月

張作霖故居軼事

四月十日下午，我們由大連經瀋大高速公路到達瀋陽，將行李放在飯店後，一行人就乘車前往餐廳吃晚餐，在車上；我們一面聆聽地陪的介紹，一面東張西望的急著想認識這東北的第一大城市。

就在遊覽車行經一座陸橋時，地陪指著車外橋下的鐵路說：「一九二八年六月四日，張作霖搭乘的火車，就是在這座橋下被炸毀的。」車上頓時掀起一陣騷動，眾人紛紛轉頭向車窗外望去，在昏暗的天色中，我們向遠處的鐵軌，拋下匆匆的一瞥，那一剎那；我只覺得自己與一段驚天動地的歷史竟如此的接近。

第二天一早，我們前往「張氏帥府」參觀。那是民國初年，奉系軍閥統領張作霖和其子張學良的官邸與私宅。我對民國初年北方軍閥的印象，多來自教課書中的解說，因此到達張氏故居後，我渴望看到一些前所未聞的軼事。

在張氏故居正門外，我見到一對上馬石，這對上馬石的高度，說明當時使用此石主人——張作霖的身高，並不如我想像中的高大。

從正門進入這由青磚高牆圍起三進四合院，立即見到一間間古意盎然的房舍。這座四合院是一九一四年，張作霖剛當北洋軍閥27師師長時，開始興建的仿古王府式建築。由門口的抱鼓石獅與大門上的彩繪門神，不難看出這神似王府莊院的氣派。

該院坐北朝南，呈「目」字型。整個莊院充分展現了中國傳統建築藝術之美，無論是門窗廊柱間的彩繪，或牆壁與房檐上的浮雕木雕與磚雕，都極具特色。

經過這間張作霖舊日的辦公室前，我停下腳步，門前這對聯語深深的吸引了我的注意：「書有未曾經我讀，事無不可對人言。」會親筆寫下這對聯語的主人，想必對自己的胸襟與氣度也有著相當程度的期許吧！

穿過四合院，我們來到帥府的後花園。在這個院落中，有兩棟主要的建築，一是一九一八年落成的小青樓，另一是一九二二年竣工的大青樓。

地陪首先帶我們來到小青樓前，那是一座中西合壁式的兩層磚木結構的小樓。地陪說；這座小青樓，原是為張作霖最寵愛的五夫人而建造的。這位五夫人；是張氏如夫人中學歷最高的一位——初中畢業。她是位聰慧又通情理的女子，雖受寵但不驕縱，當小青樓建成後，她並未獨自專享，而是將其他幾位夫人所生的女孩子，一起接過來住在小青樓的樓上，自己則選擇樓下靠西邊的那間房。

一九二八年六月四日，日本關東軍在瀋陽附近的皇姑屯火車站，預先埋置炸藥欲炸死張作霖，張作霖身受重傷後，被抬回大帥府，數小時後；就是在這小青樓樓下西邊這間房中去世的。

當時為穩定東北局勢，避免日軍乘虛而入，這位五夫人與幕僚商議，決定密不發喪。一方面冷靜應付日人的糾纏，一方面緊急通知少帥張學良，返回東北繼承父業。自張作霖死後的第二天起，帥府中每日生活起居一如往昔，醫生護士也照常出入府中，看似一副為張作霖療傷的正常景象。日軍天天派人探訪問候，甚至要求化驗裹傷的紗布，以確定真是張作霖的血型。

當時日本人想炸死張作霖的本意，是希望引起社會混亂後，乘虛而入，佔領東北。但遲遲無法確定張氏是否已被炸身亡？日本人也不敢貿然行動，最後甚至派出一位高官的妻子，以探望張氏傷勢為由，要求面見五夫人。五夫人當然明白她來訪的用意，於是穿著打扮一如往昔，並特別換穿紅衣紅鞋，與訪客從容周旋。這位高官的妻子見到神情自若的五夫人後，回去稟報說：「千萬不可輕舉妄動，張作霖尚未死亡。依照中國的風俗，丈夫亡故的守喪婦人，是不允許穿著紅衣紅鞋的。」

由於這位五夫人的膽識，化解了張作霖被炸身亡後；東北可能立即陷入日人魔掌的危機。直到張學良輾轉潛回東北，就任奉天軍務督辦後，才於六月二十一日公佈張作霖的死訊，粉碎了日軍想乘機佔領東北的夢想。

張作霖死後；集國仇家恨於一身的少帥張學良，拒絕日人的拉攏，在一九二九年元旦，宣布易幟，服從中央政府，結束多年紛亂混戰的局面，中華民國終於獲得統一。

離開小青樓，我們繼續往大青樓參觀。大青樓竣工於一九二二年，因其外表皆為青磚牆體而得名，是結合中西建築藝術經典的三層樓房。上有觀光平台，下有地下室，與樓前的花園假山相映成趣，處處顯示出當時權貴的豪華，在當時是張氏父子辦公與居住的主要樓層。

參觀大青樓的過程，我聽到一些聞所未聞之事，值得與各位分享：

這棟樓層中尚有保存完好的三件當代物品，一是二樓牆壁上的瓷磚，當時由歐洲進口價格非常昂貴，至今仍可看出它鮮艷的色彩。

▲ 混合中西建築風格的大青樓位於張帥府花園北側

至於另兩件實品；保險櫃和藏於其中的銀元，隱藏著一段歷史故事：

話說當張學良繼承父業後，為穩住東北政局，一切行事都非常小心謹慎。可惜他的政令和主張，時常受到楊宇霆和常蔭槐的阻撓和反對。楊宇霆當時任東北軍政參議，不但居於奉軍的核心地位，更是野心勃勃的人物。在張學良接替父職後，楊氏一直想取而代之，遂暗中與日人勾結，和當時擔任黑龍江省長的常蔭槐，一同陰謀逐步消滅張學良。

面對咄咄逼人的楊，常兩人，張學良早已感到嚴重的威脅性，有心想除去此二人，以建立威信，卻苦無機會。

一九二九年一月十日下午，楊，常二人來見張學良，要求成立「東北鐵路督辦公署」，以常蔭槐為督辦，張以為此事遷涉甚廣，應從長計議。楊，常仍堅持，並拿出早已擬妥的計畫，逼迫張學良簽字認可。張氏從容應對，並表示需慎重考慮，晚飯後再決定。邀約楊，常兩人共進晚餐，二人拒絕留在帥府中吃晚餐，楊宇霆帶著常蔭槐返回常府進餐，但表示晚飯後回帥府再議。

張學良回到自己房間，異常氣憤，與元配俞鳳至談起此事，並表明要除去楊，常二人，但仍有絲絲猶豫，只因顧念他兩人曾是張作霖時代的得力幹將。

學良元配俞鳳至女士，當年在家鄉鄭家屯（吉林省梨樹縣府所在地），是有名的才女。不但天質聰穎，而且個性溫文儒雅，仁慈善良。其父俞光斗，與張作霖交情甚篤，兩家聯姻，是極自然之事一九一六年十七歲的鳳至與十五歲的學良，在父母之命下，完成了婚姻大事。

雖然俞氏比學良年長兩歲，但小丈夫大媳婦是當時當地的時尚，而謙和為人，謹慎處世的俞氏，嫁入帥府後，很快就受到帥府中全家老幼的敬重，夫妻二人情投意合，生活美滿。

學良婚後仍不改其荒唐習性，時常惹出一些風流韻事。俞鳳至自知強加干涉，反傷感情，不如大度容忍。因而更受學良敬重，遇有大事，總先與元配商量。

這次；俞氏有心幫助丈夫做決定，就取出一枚銀元，建議以拋擲三次銀元來決定是否處死二人？如果出現人頭面朝上的機率大，就表示天意要除去這兩人。結果連擲三次，都是人頭面朝上，張氏因而下定決心要處死楊，常二人。俞氏雖有心幫夫，但面對殺人的決定，仍顯露出婦人之仁，不覺落淚。

一九三一年九一八事變的第二天，日人佔領張氏帥府，在大青樓中發現這個保險櫃，日軍想盡一切辦法，終於將保險櫃打開。發現裡面只有兩樣東西；一是借據條，另一個就是這枚曾經決定楊，常二人命運的銀元。同時發現一個秘密，原來這枚銀元的兩面都刻著人頭像。

除去楊，常二人之後，張氏才算確實建立起在東北的威望與勢力。於是立刻積極著手實現他的主張，與在南京的國民政府合作，完成東北易幟的理想。如此看來；這一塊銀元與當時國家的命運還真有著關鍵性的影響。

在帥府東牆外側，有一棟紅樓，一般人稱它為「趙四小姐樓」。本名趙一荻的趙四小姐，出生於頗有名望的官宦之家，因在家中女孩排行老四，而被稱為趙四小姐。

父親曾任北洋軍閥之要職，趙一荻天生麗質，才十四、五歲，就成為「北洋畫報」的封面女郎，在一場舞會中，認識當時已婚的張學良，兩人一見鍾情，雙雙墜入愛河。

為了與張學良長相廝守，趙四小姐不顧家人反對，甚至受到父親登報申明斷絕父女關係的後果，仍毅然決然演出一場驚天動地的私奔。

張學良元配夫人在得知實情後，就在帥府東側牆外，買下這棟樓，並親自設計佈置後；同意趙一荻以張學良秘書身份，搬入這裏居住。

據說她當時選擇二樓靠西北角的房間作為臥室，這間房子並非整棟樓中最溫暖又舒適的一間，但透過西邊的窗戶，卻能看到大青樓中張少帥辦公室中的燈光。每天夜裡，她一定要等到少帥辦公室中的燈光熄滅後才入睡。

步出紅樓，結束了「張氏帥府」的參觀活動後，我的思緒卻久久無法回到現實，有些紛亂；也有一份理不清的感慨，也許因為都是女人吧！我腦海中，滿是五夫人，俞鳳至與趙四小姐的影子。

二〇〇七年十一月十三日

我家的感恩節

感恩節的主菜是火雞，我家有老公指點，總選擇吃燻火雞。這種燻火雞是經過醃製後燻熟的，冷凍後出售，過節前將它從冷凍庫中拿出，放在冷藏室解凍兩天，前一天從冰箱中取出，吃前兩小時放入烤箱中烤兩小時即可食用。

燻火雞吃起來很有味道，與中國臘肉的滋味相近。傳統的原味火雞，未經醃製，吃起來淡而無味，因此需添加醬汁，燻火雞則不需醬汁，我的中國朋友們，經我介紹後，也都愛上燻火雞，它不但好吃，而且易於烹煮，是老饕們的最愛。

台灣朋友們熟悉的Cranberry（小紅莓），除曬乾後當零食吃外，它的正宗吃法是煮成醬加在原味火雞上當醬汁用，這種醬汁的製作過程很有趣，現在我按照製作步驟向各位介紹如下：

首先；將洗淨的Cranberry（小紅莓）放入鍋中，感恩節前後，是小紅莓的盛產季，物美價廉，也是過節的應景食物之一。

煮小紅莓時不需加水，但需加許多糖，因小紅莓本身味道非常酸。

很快的糖融化後，莓果也一一裂開，此時可聽到清脆的劈啪聲，為烹煮小紅莓添加不少情趣。

煮好的小紅莓需加入鳳梨與橘子粒，並需添加檸檬汁，就可食用。我們的燻火雞肉不需醬料，但我發現這種果醬抹在麵包上吃，非常美味，自製的新鮮果醬，使我想起兒時家中自製的李子醬。

Yellow & Green Squash Casserole（綜合南瓜沙鍋）是感恩節的另一項傳統食物，可能因為這季節盛產南瓜吧！

Pumpkin Soup（南瓜湯）由南瓜，馬鈴薯，雞湯，牛奶與香料煮成，女兒說感恩節晚餐一定要有南瓜才應景。

Stuffing（烹煮雞鴨時腹中的填塞物），也是感恩節的一項傳統食物，使用乾的小塊麵包，放在火雞肚內，吸收烤火雞的湯汁，雞烤好取出再加上芹菜與洋蔥丁和香料，以及小紅莓和核桃仁，使口味與口感更佳。

最後介紹營養美味的青菜沙拉，所有青菜都是有機蔬菜，外加美味核桃仁，以增加口感，沙拉醬是自製的新鮮配方，只用黑醋加橄欖油及切碎的番茄乾粒，好吃又爽口。

感恩節大餐的甜點，最常見的是南瓜派，但昨晚我們吃蘋果派，那是由我家客人在雨中站了四十五分鐘才買到的，休士頓一家百年老店的產品，果然很有特色，以致於大家忙著吃，忘記照相留念了。

在廚房裏忙了大半天，從下午四點（傳統的感恩節大餐從下午四點左右開始吃），大家開始高興的大吃。一年的感謝與感恩，都盡在不言中。

感恩節大餐結束後，家家戶戶都將忙著裝飾聖誕樹，昨天我家人多好辦事，眾丫頭們同心協力的一齊動手，很快就佈置好一株美麗的聖誕樹，這株聖誕樹將在家中豎立到聖誕節，主人每晚都會點上燈，許多家庭屋外所裝設的燈飾，也從感恩節後每晚必亮。

樹下放著一個圓形裙狀物，是用來堆聖誕禮盒的，我家貓咪最愛睡在上面賞燈。我在貓咪身旁放了一雙大襪子，是用來裝牠禮物的，貓兒也有聖誕禮物，難怪人人都說美國是寵物的天堂呢！

二〇〇七年十一月二十四日

生日

今年二月七日這天，是農曆大年初一，三十年前這天，我的新年是在醫院產房中度過的，真巧！兒子今年滿三十歲的生日，農曆與陽曆竟與三十年前完全相同。中國的農民曆與西曆相交會是有一定週期的，二月七日又逢大年初一，這兩個日子，大概是每隔三十年交會一次吧！

農曆是中國人專屬的曆法，累積了祖先無數的智慧，就連科技發達的現代人；也不敢小看老祖宗留下的這份遺產。只是以農曆來計算生日的中國人已越來越少。我受父親影響，特別為一雙兒女都紀錄了農曆的生日，不過兒子出生在大年初一，過農曆生日顯得更是錦上添花。女兒是耶誕節第二天出生的，過陽曆生日，則可享受到接連兩天都有禮物可收的樂趣。這對兒女連過生日都有選擇的餘地，真有意思！

中國人多一種農曆，在以陽曆為主的今日，計算生日時多一種變化，是老祖宗所始料未及的。不過；在那個以農曆為主的年代，有時卻也引申出一些問題。我的父親出生於民國三年，那個時代在浙江鄉下，農曆是計算生辰唯一的曆法，而父親偏又出生在一個特殊的月份——農曆閏五月。父親出生後，熟悉古籍的祖父，在查證後表示，農曆閏五月的機率很小，大約每隔六十年才會出現一次。換句話說；父親出生後，須等到六十歲那年，才能再次遇到農曆閏五月，那麼其他年頭該如何慶生呢？祖父當然不願父親喪失過生日的權利，就對家人宣布：「以後就在每年五月初九這天，為這孩子過生日吧！」

自我懂事以來，父親都是在農曆五月九日過生日，因為父親特殊的情況，使我特別注意農曆的閏月，每隔幾年總會出現一次的農曆閏月，的確沒見到閏五月的蹤跡。直到父親六十歲那年，果然遇到農曆閏五月，可惜初九那天正是我參加大專聯考的日子，父親一生唯一的一次真生日，卻陪伴我在考場中度過。

隨著年歲漸長涉獵漸豐，我知道有種萬年曆，可換算農曆與陽曆，建議父親不妨查閱萬年曆，應可找出民國三年農曆閏五月初九，是陽曆幾月幾日？以後就可過陽曆生日。誰知父親卻不以為然，依舊稟承祖父的決定，每年在農曆五月初九日慶生。今年適逢父親去世二十週年，回想他在世的七十三個年頭，只經歷過一次真生日，實在是少見的特殊情況啊！

還有一個日子也很特殊，那就是每四年出現一次的二月二十九日，不過這是陽曆的閏月，這天出生的人遍佈全球，剛巧我就有這麼一位朋友，我問她非閏年如何慶生？她說：「非閏年時，二月二十八日是二月的最後一天，我都是以這天做我的另一個生日。」

每四年才會多一天的閏二月，卻使千千萬萬當天的出生者，有四分之三的年頭失去過生日的機會。如此說來；看似人人都能歡度的生日，對許多「生不逢辰」的人來說，想過一個真正的生日，還挺不容易的。

二〇〇八年一月十八日於達拉斯

濃濃餃子情

我愛吃餃子，朋友對我說；北方有句諺語「好吃不過餃子，舒服莫若躺著」，北方人的最愛，對我這個浙江人也一樣有魅力。

從食品營養的角度來看，餃子使用麵皮，肉餡又加蔬菜，一口咬下去，同時吃進去好幾種身體必須的營養成分，老祖宗的這項發明，真是挺科學的。而我對另一種類似原理的麵食——包子，並不十分喜愛，可能是由於我偏愛餃子皮的嚼勁，勝過包子的發麵皮吧！

四、五十年前在台灣，家中吃頓肉餡的餃子，算得上是打牙祭，值得孩子們高興大半天的事。也許是因為這種愉快的記憶伴著我成長，我一直將吃水餃與快樂幸福這類美好的形容詞聯想在一塊。

愛吃也不太懶的我，長大後總是自己和麵，親自擀皮，包出新鮮餃子。並且在市面上還沒開始流行吃海鮮水餃時，我就研究出一種百吃不厭的蝦仁水餃。到市場上買回新鮮的蝦，處理乾淨後，切成小丁，與薑末和料酒及鹽調勻後，再拌入攪肉，使用的蔬菜是開水汆燙後擠乾水分再剁碎的菠菜。煮出來的水餃，透亮的麵皮，裹著翠綠與鮮紅，送入口前；先滿足視覺享受，不需任何調味料，在口中細細品嚐原滋原味的水餃香。至此；吃水餃對我而言，是在辛勤工作後，對自己視覺與味覺的一種犒賞。

移民來美後，飲食的天地更寬廣。雖然我仍鐘情於傳統的中國飲食，但也不放棄在這美食的聯合國中，去品嚐世界各地佳餚的機會。

我們的老鄰居Lewis夫婦，與我們相約；每個月我們兩家去不同餐館小聚一番，既可嚐鮮，又可連絡感情。他們偏好義大利餐，我也因此有機會認識這種以紅酒與橄欖油為烹飪主體的歐洲美食，但總認為吃麵條一定要使用筷子，吃起來才暢快，因此我很少選擇義大利麵，總是點選易於使用刀叉切割的主餐。我發現有種Ravioli（方餃子）的滋味不錯，特別是蟹肉餡加白色蝦肉醬汁的Ravioli，比其他Cheese餡更適合我這中國胃，因此我開始愛上這種異國風味的餃子。

兩年前；Lewis夫婦雙雙退休，搬回Ohio鄉下經營農場，我們雖然缺少了兩位老饕好友，但仍然保持四處尋找美食的習慣。

一位德裔朋友向我們推薦，就在我家附近，有家波蘭口味的餐廳，是由幾位波蘭裔的家庭主婦開設的，食物新鮮，口味正宗。我們去了幾次，每次換著品嚐不同的餐點，在Appetizer（開胃菜）中，我愛上了Homemade Pierogi。這家餐廳自製的Pierogi有數種不同口味，我總是選擇牛肉餡的。愛上它的主因；不僅是著迷於那鬆軟肉餡的滋味，更愛上它那與中式餃子幾乎一模一樣的外形。嚐起來也是皮薄餡厚，製作者的功夫挺到家的，只是塊頭較大，不如中國餃子精巧。

邊吃邊想；不知中波兩國餃子的擀皮方式是否相同？而這種波蘭餃子的發明，是否參考了中國的餃子文化？否則怎生得如此相似的外形呢？

其實除了義大利與波蘭餃子外，美國食物中也有Dumpling，但無論外形與口味，從未吸引過我。

品嚐西式餃子的同時，我也未曾忘記伴著我成長的中式餃子，在美國；仍舊是我自己擀皮和餡，只是在柔捏麵團的同時，我彷彿看到學生時代的我；三五好友，歡聚一堂，家庭式的餃子宴，是我們那年代最普遍的聯絡感情方式。如今好友散佈世界各地，我也遠離家鄉，唯有在製作與品嚐餃子時，我似乎又回到從前，得以舒展那番濃濃的思鄉憶友之情。

二〇〇八年二月七日於達拉斯

山居歲月

從台北搭公車，經過新店，青潭，在到達小格頭，銀河洞之前，有一個地方叫做「大崎腳」，我曾在那附近的一處山裡住了三年多，那片山地鮮為人知，也就是因為人跡罕至，使那裡比其他知名之山多了一份難得的幽靜。那段山居的日子，不但充實了我人生的經歷，也因為與大自然朝夕相處了一千多個日子，多多少少影響了我日後的人生觀。三十多年後的今天，回憶起那段日子裡所經歷的種種，仍覺得新鮮有趣，趁著記憶仍鮮明的現在，記下一些值得與朋友分享的往事。

記得是大一下學期那年的某一天，一位平日相處極為融洽的同學，邀請我住到她家裡去與她作伴。她的父親與長兄都常年住在外島，平日她母親帶著她與弟弟住在山中寬敞的大房子裡。本來請了一戶山下的居民每晚送她回家，沒想到有一晚她那頑皮的弟弟在半路上扮鬼嚇人，嚇退了那戶人家，而她的母親無法每晚下山去接她，因此決定為她在同學中找一個伴。我那時剛在南京東路找到一份日間的工作，從山下搭公車到公館轉車，就可到達我工作處所的附近，晚上下課後，從學校後門走段路去搭車，不需轉車就可直達山腳下，交通還算方便，而且住在同學家，不但可省下房租費，又可享受家的溫暖。於是就答應了同學的邀請。

記得我是在一九七二年五月搬上山。同學對我說搭乘計程車上山時，要提醒司機將車子靠右邊行駛，因為這條彎彎曲曲山路的右邊是爬滿了山中植物的山壁，左邊則是千丈深谷，整條山路只能容納一輛車行進，那位司機當時邊開車邊驚嘆這條羊腸小徑的驚險，我總算順利的搬完了家，山居的第一晚我至今記憶猶新，因為雖然是五月份，我仍覺得好涼，必須蓋著我那床厚厚的大棉被才能入睡。

第二天我起了個大早，梳洗整裝完畢，我穿上運動鞋，手裡提著高跟鞋，就開始了我山居生活的第一天，這條山路的路面全是大小不一的石子，所以每天我們總是穿運動鞋上下山，在山下的雜貨店裡更換及寄放鞋子。我獨自走在這彎彎曲曲的山路上，放眼望去；滿山遍野的蒼翠盡收眼底，清晨的空氣格外新鮮，嗅到的盡是鮮花與野草的芬芳。古詩有云「山窮水疑無路，柳暗花明又一村」，我置身於山中；所感到的則是「樹蔭草清又一景」。此刻的我只覺得自己好富有，因為我是一人獨享這美好的大自然風光。

當天晚上下課回家，是我第一次走在黑夜的山路上，也是我頭一回感到夜晚是如此的黑。也許是視覺上的不習慣，那晚我只覺得真的是伸手不見五指，眼前一片漆黑。幸好以後我慢慢習慣了走夜路，即使不用手電筒，我依然能看清路面，因此我開始欣賞山中的夜景。遇到晴朗的夜晚；星光與月光使這條路變得好浪漫，初夏時分會見到滿山的螢火蟲，仲秋時節也有著蟬鳴與不知名的鳥叫聲陪伴著我們。當然有時只有「黑」與「靜」，那是一種不尋常的「寧靜」；走在那樣又黑又靜的山路上，一點也不覺得恐怖，反而感覺到無比的平靜。就在那段日子裡，我學會了在沉靜的夜裡；讓自己的思維也陷入絕對的平靜，往往就在短短幾分鐘的安靜以後，我會豁然貫通某一件白晝時無法想通的問題。走完這條彎彎曲區的山路大約需要十五分鐘，我與同學二人常常極有默契的邊走邊靜思，直到走在最後一個山坳上，家園已在望了，我們才恢復交談。

雨是山中的常客，台北本就多雨，而時常是台北飄著牛毛細雨，山中已是傾盆大雨，愛雨的我在那段日子裡；真是飽覽了山中各種不同季節的雨景。「山嵐」是蒸潤的山氣，我時常在雨後的清晨，見到山谷的對面被層層山嵐所環繞，耳邊不時還能聽到瀑布落在石澗上的水聲，彷彿置身於仙境。

經過雨水的洗禮，山中的綠更清新了，放眼望去遠近山景均能映入眼簾，這時我只覺得心胸豁然開朗，試想；大地如此慷慨的讓我飽覽這一切的自然美景，我又豈能小心小氣的還報？也許是因為曾經受到大自然如此的洗禮，而種下我日後愛山愛水的個性。直到如今，只要來到郊外，我就有一種返回家鄉般的親切。每當我心中鬱悶無法釋懷時，我常會閉起雙眼；讓山中清晨的自然美景再現腦海，谷中清泉之聲再入耳際，藉著這種遐想般的回憶，似乎可以滌除我在世俗中所惹上的塵埃。常此以往，我不得不承認；這幾年的山居生活，對我的人生有著潛移默化的影響。

山中生活除了對我的心靈與性情有所影響；使我難以忘懷外，一些傳說與事件也使我印象深刻。想到山不免想到山中有蛇，而我住過的大崎腳，據山下的當地人說，日據時代，在這山腳下曾設有一處毒蛇研究所，專門研究一種毒性特強；叫做「龜殼花」的蛇，日人撤退時；將所有的蛇放回山上，我在山中住了三年多，每晚走夜路，並未遇過蛇，只有一次我人在屋內，聽到同學的弟弟及返家休假的父親在院中大叫有蛇，因為院裡有棵高大的桂花樹，據說桂花的濃郁香氣會招引蛇來盤據，當然當天那條蛇被打死了，而同學的父親是出生於廣東的美食家，當天的午餐有一道「龍鳳配」，就是由這條「長蟲」配後院家飼的「土雞」，我是吃了以後才知道的，那也是平生唯一的一次「誤食」蛇肉。如今想來；我們之所以未曾遇過蛇，除了幸運外，主要是因為山中氣候涼爽，而我們走夜路的時間又多不是炎夏，因為炎炎夏日是暑假，我下班後，總是趕在天黑之前返家，所以平平安安的在山中過了三年。

除了蟲蛇的威脅外，住在山裡如此僻靜，兩個弱女子獨行，安全問題也是令人堪慮的。記得當時每天來往那條山路的居民並不多，除了同學這家人外，只有一棟警察宿舍蓋在同學家的左下方，住著山下派出所的警察及家眷們，另外有一兩戶農民住在更高的山坡上。記憶中好像不常見到陌生的外人，但有一次，我與同學下課返家時，剛爬完上山的階梯，轉入第一個彎路後，一道手電筒的強光立即射向了我們，原來是一位巡夜的警察，據他說當天附近山裡可能藏有逃犯，他負責巡守上半夜，提醒我們要格外小心，所以那幾天同學的母親每晚都帶著兩條狗兒，到山下來接我們。我想三十多年前，治安及社會風氣都比現在要好，再加上這座山裡主要的居民都是警察的眷屬，我們也就跟著沾光了。

夜晚的山中既黑又靜，對許多膽小的人來說是避之有恐不及的，我想山居的這段日子，使我對黑暗有更清楚的體驗，而不至產生盲目的「怕」。記得有一次，同學那位已很要好的男友，家中有位非常重要的長輩來訪，而第二天一早這位長輩就要離開，因此同學決定當晚翹課去拜訪這位長輩，臨走時交代我下課返家到達山下時，打電話請她父親下山來接我，我知道同學的父親有早睡的習慣，不好意思打擾，所以下車後就獨自走夜路回家，說完全不怕那是違心之論，但我畢竟還是克服了心中那種不必要的恐懼。

山居的生活使我享受到一種難得的清幽，也讓我意識到自己的個性裡的確有一種愛好大自然的天性。在那段時間裡，我有幸每天清晨藉著新鮮的空氣與自然景觀；以成就整日清明之靈性，不但心情愉快；而且身體健康很少生病。在我搬離山區之後，那座山不但建起了棟棟的公寓，更有些人不知是否也愛好大自然；或是看上了此處的好風水，而選擇了在這山谷中長眠。如今這山區的風光已大大的不如往昔了，而我也只能藉著回憶來回味那段美好的山居歲月。

二〇〇八年三月二十七日刊登於《世界日報》副刊

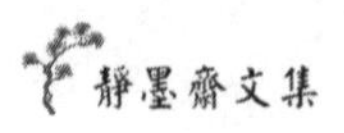

大理城與洋人街

大理風光，自古以來就有著「風花雪月地，山光水色城」的美稱。

點蒼山在大理古鎮的西邊，形成大理四大美景的地理位置，分別是；南邊的下觀「風」，北邊的上觀「花」，西邊的蒼山「雪」與東邊的洱海「月」。

春季的點蒼山，見不到雪飄銀蒼的壯麗景觀，當然我們也無緣一睹「洱海月映蒼山雪」的迷人景象。

乘船觀「海」，在遊船中觀賞暮靄沉沉的洱海景觀，不覺感嘆；這一眼就可望盡的內陸海，比之遼闊無邊的汪洋大海更瑰麗多變。

洱海；其實是雲南省容量最大的淡水湖，因形似人耳，「碧波萬頃波濤拍岸」而得名。

我到達中途小島後，拾級而上至「天鏡閣」 前，遠望洱海西面連綿的點蒼山。可惜沒見到全唐詩中所描繪的洱海——「風裡浪花吹又白，雨中嵐影洗還清」。

大理歷史悠久；遠在新石器時代，這裡就是少數民族白族彝族的先民生息繁衍之地，也是雲南歷史文化的發祥地。

秦王朝；把大理地區正式納入大一統的封建國家版圖。漢王朝；在這裡設置郡縣。唐宋時期；以洱海為中心崛起的南昭國和大理國，相延五百多年。

事實上；雖經歷無數的風風雨雨，朝代更迭，這座偏遠的古城，如今依舊令人流連忘返。

如今的大理城門，是地震後所重建，我們踏著夕陽餘暉進城，城門上「大理」二字顯得格外耀眼，與熙來攘往的人群，及城外灼灼桃花相輝映，似乎在提醒遊客，別忘記這裡曾是人文鼎盛的「文獻名邦」，被歷史學家譽為「亞洲文化十字路口的古都」。

大理古城內有條長不過三百米的「洋人街」，如今可說已是斐聲中外。

洋人街，原來只不過是條；房子破舊低矮，毫不起眼的小街。隨著外國遊客的不斷增加，逐漸開設一些專為洋人服務的小商店，而且越開越多，終於形成今天這條充滿魅力的洋人街。

現在的洋人街，東西兩端都建有石階，階前的圓形龍門，與貫穿整條街的流水，都很有創意。

聽地陪說，這條街有許多價格大眾化的民宿，吸引許多來此長住的外籍背包族青年。以此處為據點，四處遊樂，當阮囊羞澀時，就到商店打工，最容易找到的工作，是在餐廳裡烹調西餐。如此相依相存的微妙主客關係，是整條街熱鬧繁華的另一原因。

我們在夕陽西下前到此，整條街非常清冷，街邊的一切都透著恬靜與自在，很難想像華燈初上，星空下的浪漫景象。

根據史料記載，明清時期將大量的大理石進貢入京，真正採自雲南大理蒼山的彩花大理石，完全取其自然之美。

在大理我們下榻於風花雪月大飯店，欣賞到幾幅天然紋理形成的大理石屏風，表面平滑如鏡，依據紋理圖案，題上與圖案有關的詩句，擺飾於樓梯間非常雅緻。

離開大理那天早上，在飯店三樓遠眺點蒼山，總共十八條溪水，十九座高峰的點蒼山，我總算一睹它的部分芳容。

二〇〇八年十月七日

再遊石林與大觀樓

二〇〇八年春我再度遊覽昆明，石林與大觀樓兩地的風情，有變也有不變。

我對這兩處景點一直偏愛，因為這兩地是我認識大陸風光的起點，這次舊地重遊，留下更深一層的印象。

大觀樓在昆明城西南，地處滇池之濱，與蒼翠疊嶂的太華山隔水相望，故又稱「近華浦」，十多年未見，它依舊秀麗如前。湖光山色丹霞影，景色十分優美，曾有許多文人墨客來此吟詩作畫，至今仍保存在大觀樓內。

園中最令人矚目的是懸于「大觀樓」前的一百八十字長聯，這是清朝乾隆年間寒士孫髯翁登「大觀樓」有感而作，有「天下第一長聯」之稱。

長聯上聯寫登樓遠望，徐徐入目的滇池及四周景物，字字寓情於景，道盡萬千氣象。劈頭一句「五百里滇池，奔來眼底」，九個字勾畫出一幅遼闊壯觀，氣勢雄渾的景象。

下聯寫雲南歷史「數千年往事，注到心頭」由描寫滇池景物，轉到評述歷史，從廣闊的空間，寫到歷史長河，大大開拓對聯的意境。

我對大觀樓的湖水有特殊的印象，因它使我想起兒時常遊覽的「大貝湖」，初識它是在一九九五年遊覽西湖以前。據說早期自江南流放到此的官員，思念故鄉，因此模仿西湖而建此園。

大觀樓三面臨水，一九四〇年當地政府將昆明市區狀元樓外的三個大石墩，移到樓前的湖中，仿杭州西湖形成「三潭印月」之景，為湖水增添些許古典韻味。公園內碧水漣漪，長堤垂柳，既有自然湖山之嬌，又有古典園林之美，是少見的湖濱古典公園。這次遊園時間較充裕，我與老公漫步其間，甚是愜意！

石林風景區位於彝族自治縣境內，是所謂「中國南方喀斯特（caste）地形」的世界級景觀。進入園區，映入眼簾的盡是一叢一叢仰天聳立；傲世超俗的巨石，甚為壯觀。這些吸納日月精華與天地正氣的奇峰怪石，原來是億萬年前沉積於海底的石灰岩。

一九九五年我初次造訪時，只覺得新鮮又興奮。終於親臨心儀已久的名勝，因為雲南是父親最熟悉的省份，我站立階前良久不願走入人群，試圖將眼前的景色與父親的敘述相結合。

今春我再度站在人人必拍的「石林」二字前，聆聽地陪講古；據說此二字是當年雲南王龍雲所書，龍雲也是彝族人，原跡在文化大革命時遭到抹去，一九八三年龍繩文自海外返回昆明，替父親平反後，當地政府才將二字重新仿刻題到同一塊石頭的上方，我初次聽到這段故事，不由得走到原跡前憑弔一番。

在石林，身著傳統服飾的彝族姑娘，自稱阿詩瑪。阿詩瑪正是彝族神話故事中的女主角，她美麗又善良，而故事中的男主角阿黑哥，是一位憨厚勇敢，勤奮老實的青年。這對戀人不幸被求愛未遂的阿之破壞，將阿詩瑪擄走，阿黑哥歷經萬難，終於救回愛人，可惜在半途又受到阿之施魔法以洪水圍困，阿詩瑪雖躲入石林的岩洞中，卻受制於岩神而化身為石像，永遠留在石林中。

這個悲劇故事，伴隨著彝族人一代代流傳下來，阿詩瑪與阿黑哥就成為彝族男女的通稱。

參觀石林景區，千萬別錯過阿詩瑪這個景點，這塊造型雄偉又特殊的巨石，頭部尖尖翹翹的形狀，神似彝族未婚姑娘所帶的帽子，身體側轉，一手搭肩一手舉籃，彷彿眺往遠方，等待阿黑哥的到來。

如今石林景區不同於以往，自一九九九年以後，增加一處小石林，若說大石林雄壯，小石林則配稱秀麗。

我們這團，當天在大理受到飛機延誤的影響，改變行程後於黃昏時分才到石林，意外的撿到一場「清靜遊園記」。草坪，池水，岩洞，奇石與艷麗的花朵之間，看不到紛雜的人群，實屬罕見。

我穿梭在天然石洞與人工培植的花草之間，驀然回首；只覺得花更嬌豔，石更峻。在杜鵑花與人工草坪的陪襯下，更突顯了小石林的秀麗。

二〇〇八年十月七日

山水花間麗江遊

麗江古城始建於南宋末年，至今已有八百多年歷史。一九九七年被聯合國教科文組織列入世界文化遺產名錄。

這座古城不像其他的漢族城市，城必有牆，麗江古城是一個沒有城牆的城市，相傳是因為麗江世襲土司姓木，忌諱給木字加上方框，就變成困字。

入口處的水車，是古城吸引遊客的標誌，與垂柳人家搭配出一幅動靜有序的畫面，我對古城的第一印象是深刻又感動的。

城依水存，水隨城在，是古城的特色之一。城中的河流雖無法行船蕩舟，但水清見石，是居民們賴以維生的命脈。麗江古城，以水而名，水是古城的靈魂，居民都惜水，淨水，更愛水。

古城中有很多極少乾涸的水井，當地居民創造出，「一潭一井三塘水」的用水方法，靠近出水口為頭塘（龍口），居民在此吸取飲水，頭塘水從溢水口流至第二塘，居民在此洗菜，此塘之水流至第三塘，為洗滌衣物之用水。眼見如此符合環保又科學的設計，令我十分驚訝！

玉泉河是古城的靈魂，古城的設計者，將玉泉河設計為古城的大動脈。在古城的遊客，不用擔心迷路，只要把握「順水進城，逆流出城」的原則，就能在這依山傍水，自然起伏，街巷相連的古城中暢行無礙。

這座古城，無論是河流或街道，都給人留下潔淨的好感。大街小巷轉幾圈後，我發現城中的商店不使用塑膠袋，只用回收袋，環保意識抬頭，是古城之福。

城內街道與石橋路面，都舖了五花條石，雨天不泥濘，晴天不揚塵，經數百年人馬走磨，平滑如砥，雨過天晴，石紋畢現五彩斑斕。

我與老公悠閒的走在石板路上，穿過幾處古意盎然的石橋與巷弄，我彷彿聽到達達的馬蹄聲，似乎進入鄭愁予詩歌的境界中。定神一看我們已來到著名的四方街，這裡原為古城的市集，如今更是重要的觀光景點，穿著傳統納西服飾的老人，聚集在此載歌載舞。

據說；有資格來此休閒的長者，多是八十歲以上的老人，不到這把年紀，他們是不肯休息的，勤勞——這正是當地老人健康長壽的秘訣。

一三八二年，土司木得在古城建造麗江軍民府衙屬，後經歷代土司相繼營建，到明末土司衙署，家廟，住宅已具相當規模。一六三八年徐霞客遊麗江後，在他的遊記中留下了「宮室之麗，擬於王者」的評價，可見木府建築之精美。

一九九六年麗江地震後，當地政府得到世界銀行的貸款，開始修復木府。恢復後的木府，最後全名為——木府博物院。

從古城步行到木府的路上，有座木牌坊，其上題寫「天雨流芳」四字，為納西與漢語雙意，義為「讀書去吧」，體現了納西人推崇知識的傳統，也寄託了先人對後代子孫勤奮讀書的願望。

忠義石牌坊，是木府的正門，原為明朝萬歷年間，奉聖旨修建。史稱：「棟樑抖拱，通體皆石，堅致精工，無與敵者」。重建後的石牌坊看來依舊如是。

匆匆走了一圈，我覺得木府建築既有中原宮殿建築的恢宏氣勢，又有江南園林的玲瓏精緻，來到麗江一定要到此一遊，體會一下「北有故宮南有木府」的真實感受。

地陪說；她的叔叔也參與地震後的木府重建工程，為此還特別到北京故宮實地研究。她手指著後山坡上一座亭閣說道；建造這座亭閣不使用鐵釘，正是仿故宮建築的特色。

第二天遊覽玉龍雪山前，我們先去觀賞一處水寨，麗江玉水寨，是納西文化的發源地，如今這裡雖已是一個人工開發的景點，但卻不令人產生反感，只因開發者的商業行為中，包含著對自然環境的珍惜與尊重。

這個景點離麗江城只有十五公里，在玉龍雪山麓，我避開人潮，照了幾張有山有水的畫面。從鏡頭中我見到低低矮矮的雲層，彷彿伸手就可抓上一把，映在水中的天色，使我不禁懷疑；是誰將那把雲扔進水中的？

初春時節，舒冷的空氣令我神清氣爽，抬頭遠望高山與叢林都已披上綠衣，近處的草坪卻依舊枯黃，眼前一潭清冷水邊的點點新綠，使我彷彿嗅到早春的氣息。

在這裡見不到高樓與人潮，放眼望去；我似乎與天地融為一體，又似乎隨著浮雲悠遊於重山疊巒間，身心都感到舒暢無比。遠山雖朦朧，但近水卻清澈，湖中倒影，如夢似幻，此情此景真令人陶醉！

欣賞完玉水寨的山光水色後我們去賞花，觀賞一株非常特殊的山茶花樹。這株被稱為「全球第一樹」的「萬朵山茶樹」。由兩株不同品種山茶花靠栽培而成，相傳在明永樂年間植下，至今已有五百多年歷史。

此樹花期甚長，每年立春花開，立夏花盡，在七個節令一百多天的時間內，先後開放二十多批兩萬餘朵花，故名「萬朵山茶」。我想「新花開時老花落，瘦紅才罷嫩紅來」這兩句詩最足以形容山茶花兒們爭相綻放的壯觀奇景。

記憶中我所見過的山茶花，都長在較矮小的灌木樹枝上。昨日在華亭寺內初次見到高大的茶花樹宜「遠觀」，今日所見這株「萬朵山茶」花樹不高適合「近賞」。賞花遊客不斷，形成一幅「人在花樹下，花在人群中」的絕妙美景。

我在一旁靜靜觀賞，直到人潮散去方看清樹幹的真面目，能承載萬朵絢麗花兒的枝幹果然不凡，盤根錯節巧妙編織出三坊花盤，疊覆成一個巨型大花棚，如此難得一見的好花，除需綠葉陪襯外，這些盤紐錯綜的枝幹，更是成就名花的重要推手。

玉水寨山清水秀茶花美，古城建築有特色，民風樸實又勤懇，玉龍雪山壯麗多情，納西文化悠久燦爛，短短兩天的麗江遊，我在山水與花間見到麗江的真善美。

二〇〇八年十月七日

美麗的錯誤

並非每個人都愛讀新詩，但讀過新詩的人，必定讀過鄭愁予的作品。

有人說鄭愁予的詩，就像陳年高粱，無色，味烈而醇厚，他常把如山的情感，壓在一顆顆細如粉末的文字裡。

〈錯誤〉是鄭愁予最膾炙人口的作品之一，這首詩故事的內容雖單純，但詩的形式和結構卻是精美無暇的。曾有人以此詩將鄭愁予詩的風格歸類為「婉約派」，也有人稱他為「浪子詩人」。

在四，五十年前，這首詩曾風行一時，原因是它浪漫優美的古典韻味，以及淡淡的悲情色彩，再加上和諧的音韻之美，適合吟唱，深受青年讀者喜愛。

〈錯誤〉鄭愁予

我打江南走過，
那等在季節裡的容顏如蓮花的開落
東風不來，三月的柳絮不飛
你底心如小小的寂寞的城
恰若青石的街道向晚
跫音不響，三月的春帷不揭
你底心是小小的窗扉緊掩

我達達的馬蹄是美麗的錯誤
我不是歸人，是個過客……

這是一首頗有特色的詩篇，描述作者和那位熱烈盼望情人歸來的女子，娓娓道來的情愫不但動人，更有著些許憂鬱。

詩的起頭，「我打江南走過」不但直接說明作者的行蹤；也十分技巧的將讀者的思緒引入古典浪漫的城鎮。接著以「蓮花」來比喻故事中女子清麗脫俗的容顏，及聖潔純淨的氣質。而「如蓮花的開落」既點出故事發生的季節，也暗示著這一段淒美戀情的短促。

起首降兩格短長句的排列和句末連續兩個沈重的「去聲」音調，彷彿時光倒流一般，將讀者的思緒帶回到過去，且隨著情節的起伏而跌宕，緩緩地掀開一段令人迷醉的詩篇。

第二段才是本詩的主題，這段中的景物由遠而近：江南，小城，街道，樓房，窗帷，予人一種立體而富動感的情趣。

讀者的情感，隨著作者設計的特寫鏡頭而轉移，從「寂寞的城」到「青石街道」及街邊「緊掩的窗扉」，卻不揭露窗扉內伊人的倩影，留給讀者無限的想像空間。

就在此刻；周圍的情境也隨著「不來」，「不飛」，「不響」，「不揭」連續幾個否定句而變得極為凝重。

本應生氣盎然的江南三月天，卻受到「不來的東風，不飛的柳絮，不響的跫音與不揭的春帷」所影響而呈現靜止的畫面，讀者眼前盡是灰暗與鬱悶，彷彿山雨欲來般的令人窒息。

最後，那出人意料的「達達的馬蹄」和「我不是歸人，是個過客……」雖帶來了一片無奈與悵然，但也讓此詩讀來餘韻無窮。一首動人的詩，猶如輕飄飄的雪花，一片片落下，靜靜積累起的感動，足以蕩氣迴腸。

這首詩最為讀者所津津樂道的詞句，就是末段中「美麗的錯誤」，幾乎成為鄭愁予的註冊商標。一般讀者都會被如此精湛的語句感動異常，覺得奇妙，卻又略帶疑惑？「錯誤」理應是不好的，不美的，却用「美麗的」來形容，可是又的確感到「無理而妙」，究竟妙在何處？就妙在使用了「反襯」這種修辭技巧。

所謂「反襯」是對於一件事物，用恰恰與此事物的現象或本質相反的詞語來形容或描寫，反襯的語辭往往含有耐人尋味的啟示。反襯更是一面鏡子，照見了詩文深處的奧妙。

我認為鄭愁予用「美麗的錯誤」，不但顯示錯得「無怨無悔」，更足以表達刻骨銘心之情韻。

洛陽水席

二○○八年十月十日，我在洛陽遊龍門，品水席，雖遺憾未逢牡丹盛開時節，無緣一睹花王之芳華，却對水席之美味與蘊含的歷史文化，留下深刻印象。「洛陽水席」，百聞不如一「嚐」，果然名不虛傳。

洛陽位於河南省西部，有九朝古都之稱，是名聞遐邇的歷史文化名城，也是一個詩人墨客雲集的城市，因而造就出許多歷史悠久又著名的美味佳餚與老字號餐廳。如今最為人所稱道的，正是源自宮廷的「洛陽水席」。

水席源起於洛陽，這與洛陽的地理氣候有關。洛陽四面環山，不但是盆地而且雨量較少，氣候乾燥寒冷，民間飲食多用湯類，並喜歡吃酸辣以抗乾燥寒冷。人們習慣使用當地出產的蓮菜，山藥，白菜，蘿蔔等蔬菜，烹制成經濟實惠，湯水豐盛的宴席，就連王公貴戚也習慣把主副食品放在一起烹煮，久而久之逐步創造出了極富地方特色的洛陽水席，並逐漸形成「酸辣味殊，清爽利口」的特別風味。

享譽盛名的「洛陽水席」始於唐，當時僅作宮廷國宴之用，唐後此宴離開宮廷，官府與商紳也可享用。宋以後此宴傳入民間，因而得以保留至今。

水席之名，其來有自，主要是因為上菜順序如行雲流水，吃完一盤撤下去，再上另一盤。此外盤盤菜餚皆有湯水，而且湯頭頗為講究，也是水席的另一特色。

洛陽人對於湯水豐富的傳統水席，有著外人難以理解的深厚感情；它不僅是盛大宴會中備受歡迎的席面，就是平時民間婚喪嫁娶，誕辰壽日，年節喜慶等禮儀場合，人們也慣用水席招待親朋好友。

當地人還把水席看成是各種宴席中的上席，以此來款待遠方賓客，更將水席視為當地的飲食特色，和傳統的「牡丹花會」，古老的「龍門石窟」並稱為「洛陽三絕」。

當晚我們在洛陽城內一家老字號餐廳用餐，餐廳內裝潢與擺飾，可視為九朝古都的縮影，隨著仕女的引領，穿過金碧輝煌的御膳宮長廊，來到我們用膳的包廂。

洛陽水席全席的順序是；前八品（冷盤），四鎮桌，八中件，四掃尾（又稱壓桌菜）共二十四道，此組合不但葷素相間，清爽典雅，開胃可口，更象徵武則天執政二十四年風光無限的歷史光景。

首先上桌的是前八品——八道冷盤，前八品，雖又稱下酒菜，卻有其特殊寓意，象徵武皇，「服」「禮」「韜」「欲」「藝」「文」「禪」「政」八大善（膳）績。

開席時，由身著唐朝服侍的仕女，說明每道菜餚的典故及寓意，充分結合飲食與文化為一體。

我記憶較深刻的；如「服」這道冷盤，顯示大唐的服飾文化，一度達到鼎盛，萬國效仿。這道菜是以金黃色蛋皮，修剪成網狀，覆蓋在滷好的紫烏上，金黃色的蛋皮，象徵黃袍加身。

我最愛吃的是象徵「禮」的開胃菜，「禮」指的是「大道之禮」，由新鮮山楂與李片製成，這道菜紅白相間，看起來爭容鬥艷，吃在嘴裡酸甜可口。

「韜」是象徵武氏的謀略與智慧，這道菜是以錫箔紙包裹一盤味美的雞胸肉，再以彩帶封札好，放在盤上，寓意著「內不知其外，外不知其內」的韜略。

此外「欲」是暗示武氏獨霸天下的勃勃雄心，而「藝」，「文」，「禪」，「政」則分別以不同菜餚，表達武則天的優美歌藝，卓著文采，佛禪緣分與勤事朝政。

我認為代表八膳之一的「文」最有創意，它外形像一本書，這本書是以洛陽盛產的大白蘿蔔作封面，翻開書頁，裡面盡是美食。

此外「禪」這道冷盤也令我印象深刻，它也是以洛陽盛產的大白蘿蔔作材料，雕刻成木魚形狀，再以紅棗圍邊，這木魚雖不能吃，但圍邊的甜棗卻很可口。聽完解說後，我十分佩服創造者的巧思。

冷盤之後，緊接著上桌的菜餚分別有：

牡丹燕菜，社稷洪福，天力雙寶，頂湯鮑魚，洛陽肉片，滋補雙鳳，金龍報春，宮殿魚片，奶湯燉吊子，洛陽海參，洛陽脯肉，雞蛋灌餅和焦香麻葉。

甜品則包括；米酒人參果，油炒八寶飯，冰糖銀耳羹，最後一道「圓滿如意湯」又稱送客湯。

這些菜餚除「雞蛋灌餅」和「焦香麻葉」外，幾乎盤盤都有湯水，菜的特色以酸辣為主，引人食慾大開。每道大菜無論煎，炒，煮，炸，燒，燉皆以美湯相輔，仔細品味，湯汁濃淡相宜，味道同中有異，顯見廚師們的精湛手藝。

每次上菜時，三種味道相近的為一組，每組各有一道大菜領頭，叫做「帶子上朝」，再再顯示水席的精緻講究。眾佳餚幾乎皆有其歷史典故，最為人津津樂道者就屬這碗「牡丹燕菜」：

據說；唐朝武周年間，女皇武則天駕臨洛陽仙居宮，適逢城東關下園村長出一棵特大白蘿蔔，百姓視為奇珍異寶而貢奉入宮，經御廚精心烹調，與肉絲，雞絲，海參絲，玉蘭絲等搭配成一道風味絕佳的湯菜，女皇品嚐後，讚其香醇爽口，觀其形態酷似燕窩絲，因而賜名為「假燕菜」。

一九七三年，周恩來陪同外賓到洛陽參觀，廚師精心烹調這道菜，並在湯中擺放一朵色澤鮮豔的牡丹花，令外賓讚不絕口，周恩來因而風趣的說：「洛陽牡丹甲天下，菜中也生花了。」從此這道佳餚就被冠上「牡丹燕菜」的美名。

在製作方面，洛陽燕菜處處透著功夫，除主料和輔料的嚴格要求外，製作更要經過六道工序，絲毫不得馬虎。師傅的刀工更是一絕，蘿蔔絲細如銀線，根根透明，雖經數次蒸煮，也不碎不斷。將其置於熱菜中的首道佳餚，自有其擋不住的韻味。

二十四道佳餚中「奶湯燉吊子」被譽為豫菜中湯菜的典範，但若不聽解說，絕對猜不到；所謂「吊子」竟是吃在口中滑嫩味醇的豬肚，佐以上好奶湯，用小火慢燉而成。吃到這裡，不得不讚嘆發明此道美食者的偉大創意。當這一小碗湯送到我面前時，我並不覺特殊，淺嚐後立即另眼相看，水席中有道佳餚「洛陽脯肉」，風味較特殊，所使用材料並非肉類，而是大麥和蕎麥，吃在嘴裡口感極佳。我很驚訝；平民百姓的主食，經過巧思設計與精心烹調，一樣能成為令人百吃不厭的美食。

水席除味美質佳外，份量也很實在，吃到中場，胃部已無容量，佳餚仍如行雲流水般的穿梭于席間。我只能略為淺嚐，卻也足以品出每道菜餚的不同風味，因而體會到這水席的創制

者，著實掌握了老饕們的喜好，自始至終，都能使食客們對每道菜餚保持新鮮感

就在我們飽餐後即將離席之際，一位著唐朝服飾的欽差，匆匆進入我們的包廂「宣旨」，原來正式的洛陽水席當在「欽差宣旨」後才能開始享用。當晚我們用餐的餐廳，生意特佳，欽差應接不暇，致使這段「迎賓宣旨」，成為「送客宣旨」，也為我們這頓大餐增添額外的趣味。

二〇〇九年一月二十五日

遊北京訪古看今之一

二〇〇七年四月六日一大早，我們遊覽「大觀園」，雖然這個「大觀園」只是多年前電視連續劇「紅樓夢」的場景，不如原著中描述的那般富麗堂皇，而且一九九五年我曾來過，但初春時節已有許多綻放的花朵，徜徉園中，也是一件賞心悅目之美事。

四月七日一早，我們搭專車去天津，主要是參觀近代天津歷史博物館，那真是個頗具特色的博物館，所收藏的都是近百年來；天津在歷史上位居第一的史實資料，如第一枚郵票，第一支近代海軍等，我非常驚訝，如此珍貴的史料竟能收尋出一百多件。

下午大略遊覽天津市區，天津在清末曾被列強租借，如今仍可見到許多保存完好，具有歐美建築特色的樓層，堪稱天津人文景觀之特色。也許因為濱海，天津的海鮮非常多而美味，當地特產除十八街的麻花外，我也嚐了糖炒栗子。好吃！

天津與北平相距僅二百五十里，當天可往返，如今高鐵通車，兩地來往更便捷。

在北京的第三天，原定行程是上午遊覽雍和宮，但我與其他幾位隊友都已去過，就決定到對街巷內的孔廟走走。北京孔廟；是僅次於山東曲阜的第二大孔廟，與國子監毗鄰，原是很值得仔細遊覽的歷史古蹟，可惜正在整修中，無法暢遊。

看到正在整修中的孔廟，我有些失望，若非搭上二〇〇八年的奧運便車，不知是否仍有機會整修？尤其與巷外大街上的雍和宮相比，孔廟大門油漆斑駁，鮮少遊客。

雖然因無法暢遊整修中的孔廟而感到遺憾，但在此我看到其他孔廟所沒有的古蹟——題名進士碑，高大的石碑上，密密麻麻的篆刻著自元代以來被題名進士的名冊。我仔細閱讀石碑上的刻文，不覺感嘆古代世子十年寒窗苦讀之不易，也緬懷我那位考中秀才後卻遭逢廢除科舉，仕途無望終生不得志的先祖父。當然看到有些石碑在文革期間受到嚴重破壞的景象，心中很是憤慨。

中餐後；我們先遊恭王府。進入恭王府的胡同比較狹窄，行走於其間，可充分感受到北京胡同的特殊風格。

許多住宅的大門，還保留著「門當與戶對」的建築形式，對於這項古文化遺物，我很感興趣，邊走邊學習辨識，為接下來的恭王府之遊，先譜出一段思古幽情的序曲。

「門當」是位於住宅大門前左右兩側的一對石墩或石鼓，通常上面刻有造型。

「戶對」則是位於門楣上方或兩側的圓柱形木雕或磚雕，由於其位於門戶之上；且為雙數，有的是一對兩個，有的是兩對四個，所以稱為「戶對」。

由於「門當」與「戶對」上往往雕刻有適合主人身份的圖案，且門當的大小，戶對的多寡又顯示了主人的財勢，因此「門當」和「戶對」除裝飾外，也是宅第主人身份地位的表徵。「門當戶對」也逐漸演變成衡量男女雙方婚嫁時；判斷家庭背景的成語。

重新整修過的恭親王府，的確氣派非凡，這裡在清乾隆年代曾是和珅的私宅，咸豐元年（一八五一年）改賜給恭親王奕訢，到了嘉慶四年改為慶王府。這裡不但是世界最大的四合院，也是清代北京近百座王府中唯一留存至今仍保存較為完整的王府。

園內庭臺樓閣十分雅緻，奇石林立，小徑迴廊處處通幽，當此冬末春初之際，園中綻放的紅花與古木枯枝相互映襯，倒也別有一番韻味。

穿過後花園，我們一行人踏上一處雕刻裝飾精美的迴廊，如果只看這座迴廊，我幾乎以為自己是行走在圓明園或頤和園的長廊中，由此可見何珅當年的財富確實富可敵國，住宅的氣魄也不亞於皇室，這也正是為他招來殺身之禍的主因。

隨著人潮我門來到一棟長長的二層樓建築前，只見眾遊客們都在仰面觀望，原來這是當年何珅的藏寶樓，共有九十九間，每間閣樓的窗戶形狀都不盡相同，分別存放不同類型的寶物。一代貪官最後落得抄家財產充公，不知為財而死之前，他是否有所覺悟？

這座莊院；將北方建築形式與江南造園藝術融合為一體，的確值得細細品味欣賞。而園中前後兩位主人，又都是著名歷史人物，在遊園的同時，自然也有聽不完的傳說軼事。無奈遊客實在太多，使這佔地兩萬八千平方米的花園，顯得擁擠不堪，大大影響遊興。（註：二〇〇七年春我遊北京時，正值大陸上映一連串與和珅、紀曉嵐有關的清宮連續劇，以致這個景點被炒得火熱。）

二〇〇八年五月，這園子其餘部分整修完畢，擴大開放，以迎奧運。並展出許多恭親王遺物，如他所收集的各種手錶，我的隊友們再度遊覽，覺得擁擠狀況已改善，可仔細觀賞。

這次遊北京遊有一項懷舊活動就是乘坐三輪車遊胡同，若不是親自走這一趟，我還不知道搶吃這行飯的人真不少！事實上要入這行並不容易，不但要身強體壯，還需能言善道，腳踩三輪車，口述胡同舊事，老北京的點點滴滴都能細說從頭。

彎彎曲曲的穿過許多胡同後 我們這輛三輪車來到一處鐵門身鎖的宅子前，一聽說這裡曾住過鼎鼎大名的張學良與趙四小姐，我立即請求停車，雖不能入內參觀，也要攝影留念。

北京胡同，原是最具地方特色的景觀，如今的北京，到處高樓林立，在無情推土機的轟鳴聲中，一座座古建築；傾刻間化為廢墟。面對此情此景，真是無限感慨。

我們在北京的最後一項遊覽，是乘船觀賞什剎海的風光，廣闊的湖面，被輕舟慢槳劃起道道水紋，這輕慢之間似乎也畫出了無限的恬釋，我陶醉在這難得的浮生半日閒中，心中滿是無盡的喜悅與自得。

下船後漫步在街上，見著許多悠閒的遊客，一面用餐一面觀賞風景，情景十分愜意，若非親身經歷，實無法體會個中的樂趣。

我們踏過幾處即將改建的舊宅，來到一間別緻的餐廳，位於什剎海邊的「孔乙己酒店」是一家以江南風味為主的餐廳，在北京品嚐江浙菜，真是別有一番風情。

穿過圓形拱門，進入餐廳的花園，我轉身向身後的什剎海望去，在夕陽的餘暉下，湖水顯得更為嫵媚。北京的夕陽竟是如此迷人。

二〇〇九年三月十日

遊北京訪古看今之二

二〇〇八年十月我再遊北京，正值京奧與殘奧結束之際，奧運村成為當時最熱門的景點。

我原以為鳥巢與水立方會從十一長假後，一直開放供遊人入內參觀，結果只開放到十月六日長假結束，我晚到兩天，無緣入內參觀，有點遺憾，因為我愛游泳，很想見識水立方的內部設施。

如今再到北京的遊客，就不會有此遺憾，這兩處景點自今年農曆年後已正式對外開放。

十月九日一大早，我們乘專車前往奧運村遊覽，也只能在外圍轉轉，街道兩旁仍可見到為奧運而設計的圖案花卉。

鳥巢與水立方的外型；雖已非常熟悉，但親眼所見時，仍十分感動。當天所見另一處建築也頗具震撼性；那就是奧運村對面的另一處新地標——盤古一條龍。去年京奧開幕前，新聞媒體曾盛傳，此處將是比爾蓋茲到北京看奧運的居所，那時我才認識這一建築。

只是當時我以為，盤古大樓乃獨棟建築，當遊覽車在路邊停妥後，我拉著老公趕快以這別緻的大樓為背景，攝影留念。

拍完照後，聽地陪說：大樓設計人為台灣名建築師李祖原大師，我們剛才只與「龍頭」合影，沒照到「龍身子」，這時我才恍然大悟，「盤古大樓」為何又稱為「東方一條龍」？

可惜遊覽車在路邊停車時間有限，我們只能找到拍攝整條龍的最佳角度後，按下快門，趕緊上車去參觀另一景點。

本以為我對「東方一條龍」的認識僅止於此，沒想到去年十一月初，我收到同團友人的email，請我觀賞盤古大樓內部的建築。

原來她與老公提前兩天離開我們這個旅遊團，到北京去參加另一個特殊團隊，才有機會參觀這棟目前尚不對外開放的獨特建築。

友人告訴我，這座建築群包括龍頭是辦公室，中間三棟龍身是公寓樓，龍尾部分則是七星級酒店，整體中國風味的建築，參觀後確實令她印象深刻。

「國家大劇院」與「前門大街」都是北京較新的建築，兩者相距不遠，前者是新地新建，後者是舊地整建。

自明成祖遷都北京以來，前門大街就是皇帝去天壇，先農壇祭祀必經的御道。如今的「前門大街」是依照清末民初的老照片，結合古都風貌與現代商業功能並重的原則所修繕整治的，修繕工程歷時一年多，直到奧運開幕的前一天（八月七日）才正式對外開放。

這是一條「京腔味」十足的街道，北起正陽門，南至珠市口大街，全長845公尺，寬2925公尺。北段多保留歷史移存建築，中段以恢復歷史上標誌性景觀為主，南段則呈現近代建築的風貌。

遊覽車將我們送到珠市口大街的路旁，我們邊走邊欣賞街道兩邊畫廊所展出的名人國畫。

腳下踩的亦不再是水泥路面，而是古色古香呈現出「御道」風采的青白石路，以後遊人還可乘坐有軌電車觀光。

緩緩前行在這條仿古的街道上，北端的正陽樓遠遠在望，鳥籠，波浪鼓以及糖葫蘆形狀的街燈，似乎在向遊人訴說著這個城市的生活點滴。最吸引人的，依然是一家又一家的百年老店，如獨一處，全聚德等，門口總是大排長龍。

不久我們來到五牌樓，五牌樓在原地重新復建，有「國門牌樓」美譽之稱的五牌樓，是北京眾多城牆前牌樓中唯一一處的五開六柱牌樓。有專家稱；正陽門箭樓和五牌樓是一組佈局合理造型莊嚴，氣勢凝重的建築群，顯示了中華民族建築藝術的獨特風格，是我國古代建築藝術的典範，也是北京城的標誌性建築。走到五牌樓，就接近大街的北端出口了。

穿過五牌樓，就來到正陽門前，正陽門是北京城垣中最雄偉壯麗的城門，古代是防禦之門，上有箭樓，也是禮儀之門，國有大事，龍鳳儀仗必經此門，粉刷整修後的正陽門，在綠樹與鮮花的陪襯下顯得份外威武。

當天下午我們參觀國家大劇院，國家大劇院位於北京心臟地帶，在西長安街與人民大會堂及天安門廣場相鄰，佔地面積11.89萬坪方米。由法國建築師Paul Andreu設計，他也是法國巴黎戴高樂機場的設計人。

早在巴黎戴高樂機場慘劇發生前，設計新穎的蛋形劇院便引來了褒貶不一的評價。

二〇〇一年底開工以後更爭議不斷，工程甚至一度擱置，最終於二〇〇七年九月建成。如今的「國家大劇院」已成為北京的新地標，一個遊北京時不能錯過的重要景觀。

被暱稱作「水煮蛋」的北京國家大劇院，中心建築為獨特的殼體造型，高46.68米，地下最深32.50米，相當於十層樓高，周長達600餘米，殼體周圍是面積達3.55萬平方米的人工湖及大片綠地所組成的休閒廣場。除了美觀之外，還有環保功能，湖水可以用來保溫，隔音與吸音，使劇院冬暖夏涼，降噪節能。透明玻璃和鈦金屬板陰陽相間的半橢圓球狀劇院，浮現在護城河般的方形水池中，水上建築和水中倒影虛實相應，形成一個完整的橢圓。

當我得知這兩萬片鈦金屬板的安裝，完全依靠數十名工人徒手接力將它傳遞至正確的位置時，真覺得有些不可思議。

一位懂得攝影的隊友說；如多帶一個10mm的廣角像機鏡頭，就可捕捉完整的殼體造型，我的傻瓜照相機，只能半邊半邊的慢慢照。大劇院北邊入口與地鐵天安門站相連，入口處設有售票廳，購票入場後，走過波光粼粼的80米水下走廊，乘扶梯而上，便進入了大劇院內部的公共大廳。

白天去參觀大廳，可仔細觀賞建築特色與內部擺設，大廳中處處鮮花，當天展覽廳中正在展出「古西臘戲劇對京劇的影響」，以中英兩種文字解說。

有位隊友比我晚離開北京，抽空去欣賞一場中規中舉的歌舞劇，她說較平價的票在一個月前已賣完，她們臨時請飯店訂票，花六百元買兩張第四排的票，視效與音效均佳，感覺很棒，受歡迎的劇團演出時，總是全場爆滿。

令她印象深刻的是；觀眾進場前不用為是否須穿禮服而煩惱？只要記得將照相機與錄影機先行寄存，就可順利入場。

我們在劇場內仔細瀏覽，對這座設計新穎的建築很是欣賞，除寬敞亮麗的空間令人神精氣爽外，許多不同顏色的大理石地磚也引人側目。透過銀色鈦金屬和玻璃組合的殼體，還可隱約看到室外的景色，真是一座具有特色又令人印象深刻的現代建築。

走在寬廣的大廳裡，細細品味靜態的藝術呈列與展覽，我雖然無緣欣賞演出，但也逐漸明瞭；為何設計師安德魯對北京國家大劇院所下的註解是——「一個單純寧靜的外殼，裡頭孕育著充滿靈性的生命」。

二〇〇九年三月十一日

吃在北京

一九九五年我初次到北京，只「懂得」去吃全聚德的烤鴨，雖聽說過涮羊肉，却沒機會嚐試，因此對北京的吃僅留下一個印象——「烤鴨太肥」。

自幼閱讀林海音寫的《城南舊事》，長大後更陸續讀過許多介紹北京美食的好文章，因此對北京的美食，尤其是風味小吃，我嚮往已久，遊覽北京風光後，若對北京的吃，只留下「烤鴨太肥」的印象，實非我所樂見的。

二〇〇七年我再次到北京，這時的北京已進步神速，尤其是飲食文化，隨著各省住京辦事處的成立，在北京可以品嚐到全國各地的美食。

四月六日那天黃昏，我抵達北京後，朋友趕到飯店來看我，知道我愛吃辣味，為我準備的接風宴是川菜。離開北京前，遊覽什剎海，那晚我們就在附近吃江浙菜。

這年我在北京只待了兩天，唯一吃到的京味餐是「炸醬麵」，正經八百的吃了一大碗炸醬麵，面對著桌上七碟八碗的麵碼兒，我想起岡山特產豆瓣醬與甜麵醬，這碗京味麵雖並不十分特殊，但卻勾起我的思鄉情懷。

二〇〇八年秋，我第三次到北京，這次是有備而來，在行程安排上；預留兩天，專門遊覽北京市區與近郊。吃的方面，也事先鎖定目標，這次還要再嘗試烤鴨，於是廣為收集資料，四處詢問，何處能吃到不肥的烤鴨？

終於接到女兒捎來消息，她有位馬來西亞的朋友，派住在北京工作，最愛吃烤鴨，介紹我去吃「大董烤鴨」，據說那兒的烤鴨比較不肥，我也決心一試。

到北京後，聽地陪介紹北京烤鴨，都是以全聚德為主要對象，她說目前在北京，全聚德共有三處店面：

一是被稱為「老鴨子」的前門大街店，有150年歷史。前門大街整修後，老店重新開幕，那天我們遊覽前門大街，看到店面外觀裝飾古色古香，由於是午餐時間門外正大排長龍，我往裡瞧了瞧，店內裝潢並不豪華，應是較老字號吸引顧客吧！

二是被譽為「大鴨子」的和平門店，屬於元首級的大店，一次可同時容納三千多人。

最後一處是被戲稱為「病鴨子」的王府井全聚德，因為離協和醫院不遠，而被戲稱為「病鴨子」。

她還說；全聚德師父的刀功也是一流；一隻兩斤重的鴨子；可切出一百二十片。如此看來，全聚德烤鴨成為享譽國際的名餐廳，的確有其特色。

我從西安回到北京，朋友陪我們去盧溝橋遊覽，在回程中他告訴我；北京現在流行吃海鮮自助餐，有家餐廳叫「金錢豹」，他要請我們到那吃晚飯。

我說我們已超過了吃自助餐的年齡，對海鮮也沒啥興趣，還是吃烤鴨吧！我想嚐嚐「大董烤鴨」的滋味。

從盧溝橋回到北京，車子進入市區，遠遠看到一處頂端明亮的高塔，朋友說那是中央電視台的高塔。不知為何？眼前這座高塔讓我想起賭城拉斯維加斯五光十色的夜晚，只覺得挺有意思的，儘管城市的建設日新又新，但人們的味覺依然懷舊。

「大董」在北京雖是烤鴨界的後起之秀，但在裝潢與接待方面，都已具備大店的氣派，我們匆忙趕到，忘記訂位，必須等空位。

不過店裡有許多新鮮事，等空位時我忙著四處觀望。一片明淨的大玻璃窗，使食客們可清楚觀看烤鴨的過程，只是圍觀者太多，我們沒有搶到座位，只能站著觀賞。

在觀賞期間，我發現有幾位客人進入廚房內挑選鴨子。原來這家店有項特色，如果客人願意，等座位時；可進入廚房選自己中意的鴨子，並可與鴨子攝影留念，我想這也算是吸引客人光顧的噱頭吧！

再仔細往四週瞧瞧；我發現一處免費飲料區，為等待座位的顧客提供免費飲料，我喝了杯熱茶，也不忘欣賞飲料區旁玻璃圓柱內的金魚。

我端著茶杯左顧右盼，發現一處精美的裝飾架，原來是由古董與精裝書本併架排列的酒吧台，似乎要為品嚐美酒的食客，多增添幾分書卷氣。

終於輪到我們用餐了，坐定位後不急著點菜，先四處瞧瞧，裝潢挺別緻的，尤其是鳥籠式的燭臺，使我聯想到悠閒北京人的溜鳥情趣。

點完菜後，服務員送上餐具與熱茶，白色的茶杯，外加帶著保溫座的茶壺，一對白瓷鴨子，用來擺放湯匙與筷子，簡單又有特色，我好喜歡。

首先送上來的是開胃餐前菜，別小看這兩粒小紅蕃茄，可是經過加功處理的，內部已去籽並放入幾粒糖炒核桃仁，外裹一層糖衣，吃起來酸甜脆，有點糖葫蘆的影子。最妙的是那一小根帶著黃花的小黃瓜，只有我小拇指一般粗細，服務員特別提醒我：「這小黃瓜可以吃」。

我邊吃邊回想，一九九五年第一次在北京吃烤鴨，能夠選擇的小菜並不多，我當時點的是「麻辣黃瓜」，事隔多年，北京吃的文化，真是進步得令人驚訝！

烤鴨正餐送上桌以前，先送來六小碟配料，甜麵醬，蔥絲，紅蘿蔔絲，芹菜絲，蒜泥與醬菜，用來捲著烤鴨與荷葉餅吃，對我都不是新鮮事。唯一沒嚐過的是以白糖配烤鴨皮，據說這是源自宮廷的吃法，香甜酥脆，油而不膩。

這使我想起川菜中的「甜燒白」，又名「夾沙肉」，是以五花肉夾紅豆沙製成，蒸透後吃在口中又香又軟，甜而不膩，如此絕妙的搭配，我不得不說；「中國人對吃真有一套」。

北京烤鴨已成享譽國際的美食，中國人愛它的肉質細嫩，味道醇美。西方人更著迷於品味烤鴨的整套過程，從觀賞烤鴨的製作，到師父片鴨肉的手法，及最後以鴨肉沾醬捲荷葉餅送入口中的滋味，處處都顯示著中國飲食文化的精緻。其中師父片鴨肉的技巧，更是牽動食慾的關鍵。

我們吃的這隻烤鴨肥瘦適中，皮薄肉嫩，味道香醇好吃。正吃得高興，服務員端上兩杯免費贈送的甜品——時令水果軟柿子，冰鎮後加入椰奶，味道真不錯！

飽嚐美味烤鴨後，仍不忘喝口鴨湯，久聞鴨架子湯「色純味美」，雪白的鴨湯配上幾片綠葉菜，簡單樸素好滋味，我非常喜歡。

雖然已吃了不少東西，但我仍不放過在點菜食譜中見過的北京傳統風味甜食，一套共六種——包括愛窩窩，驢打滾，豌豆黃，豌豆綠，雲豆捲和小豆涼糕。

每種都嚐過後，我最喜歡愛窩窩，雪白的糯米粒，香軟又耐嚼，小小糯米糰中，包滿乾果粒，一口咬下去，舌尖可清楚品出核桃與花生的香脆，更有那令人難忘的陳皮橘香，使我無法放下手中的筷子，這也是我唯獨吃得精光的一盤甜點。

服務員確定我們不再點菜後，又送上一盤免費水果，我最愛吃棗子，顆粒雖小但肉質細又甘甜，這頓晚餐大家都吃得很滿意。

第二天遊罷慕田峪長城，我們趕回北京吃中餐，朋友特別請我去吃涮羊肉，不去以招攬觀光客為主的名店，專程來到老北京人心目中最正宗的老店。

朋友說；這裡不用冷凍肉片，完全使用新鮮後腿肉，一片片切下後，熱湯中一涮就熟，沾肉料的芝麻醬也經獨特配方調製，好吃極了！

朋友知道我愛吃餃子，特為我點了回香餃子，迷你水餃包得非常精緻，送上桌後自己丟入熱湯中燙熟，意外吃到我深愛的回香餡餃子，我幾乎吃出感動的熱淚。

飯後我仍不忘點一盤北京風味甜點，這家的碗豆黃味道更香醇，老北京朋友果然是品嚐北京風味餐的識途老馬。

三年來多次遊覽北京，這次在品嘗風味餐方面最有收穫，對於北京的特色飲食，我會永遠懷念。

二〇〇九年三月二十七日

牽動中國近代史的頤和園

二〇〇八年秋我到北京，原本沒計畫要遊覽頤和園，只因在山東蓬萊見到甲午戰爭遺跡，感觸良多，因此決定要去看看這個「牽動中國近代史的頤和園」。

頤和園是清代的皇家花園和行宮，主要由萬壽山和昆明湖組成，水面占全園的四分之三，是目前保存最完整的皇家園林，為中國四大名園之一（另三座為承德的避暑山莊，蘇州的拙政園與留園），被譽為皇家園林博物館。一九九八年十二月二日，頤和園已被聯合國教科文組織列入《世界遺產名錄》。

此園前身「清漪園」，始建於一七五〇年，咸豐十年（公元一八六〇年），在第二次鴉片戰爭中；英法聯軍火燒圓明園時同遭嚴重破壞。光緒十二年（公元一八八六年）開始重建，光緒十四年（公元一八八八年）慈禧挪用海軍軍費（以海軍軍費的名義籌集經費）修復此園，改名為「頤和園」，取其「頤養太和」之義。

光緒二十六年（公元一九〇〇年）頤和園又遭八國聯軍洗劫，翌年；慈禧從西安回到北京後，再次動用巨款修復此園。

頤和園最終成為晚清最高統治者，在紫禁城之外最重要的政治和外交活動中心。由於皇室常住在圓明園和頤和園，王公大臣也都在附近建造園林。

我們由萬壽山北邊；也就是後山進入園區，山勢有些陡峭，抬眼望去，一重重華麗的亭台樓閣將山坡覆蓋。緊接著映入眼簾的；是巍峨高聳的八面三層佛香閣，踞山面湖是園中的靈魂建築。

接近正午，爬到閣頂，俯視園林，只見片片金光閃閃，皇家建築的特色琉璃瓦屋頂，錯落在綠樹叢林間，煞是好看。

當日天氣晴朗，中午十分能見度甚佳，我舉目四望，只見整齊的四合院建築，與皇宮內院的規模無異，所耗資金之龐大是可想而知的。由於所有宮殿均依山勢起伏而築，迴廊亭閣顯得格外峭立，足以見得工程之艱鉅。有些樓閣建築在堆砌的岩石上，古樸中透著恢宏的氣勢。我居高臨下，既可遠眺香山，又可遠望昆明湖水與四週建築。心中甚感暢快

再往前行不久，園中另一主體建築佛香閣已呈現在眼前，為迎接奧運，佛香閣景區經過三年多的整修，顯得面目一新，雕樑畫棟，金碧輝煌，充分顯示皇家建築的氣勢。

排雲殿在萬壽山建築的中心部位，原是乾隆為他母親六十壽辰而建的大報恩延壽寺，慈禧重建時改名為排雲殿，是慈禧在園內居住和過生日時接受朝拜的地方，整修後已恢復昔日風貌。

站在排雲殿前回頭仰望，看到高高在上的佛香閣，也就明白萬壽山山勢的起伏形式。藍天綠樹黃瓦紅柱藍簷盡收眼底，看到如此美麗的景色，我完全忘記上下階梯的辛苦。

轉過身來，往昆明湖的方向看去，巍峨的牌樓，矗立在湖水與閣殿之間，十分壯偉。牌樓上端「雲輝玉宇」四個大字，將皇家園林的氣勢顯露無疑。

樂壽堂是慈禧在頤和園內的住所，此處北靠萬壽山，面臨昆明湖，西邊是長廊，東邊是大戲台和仁壽殿。這間殿堂如今是不開放參觀的，但聽說慈禧曾住於此，門口擠滿好奇的遊客。

院內種植了玉蘭等花木，慈禧每年有將近八個月的時間住在這裡，因她小名叫蘭兒，又非常喜歡玉蘭花，在房前屋後種了許多玉蘭。秋季並非玉蘭花盛開季節，這株大樹雖略見黃葉，但枝葉仍茂盛。

光緒帝曾在頤和園仁壽殿接見維新思想家康有為，詢問變法事宜，戊戌變法失敗後，光緒被長期幽禁在園中的玉瀾堂。我因時間有限，沒去看玉瀾堂，離開樂壽堂，就往回走，經過一處著名的長廊。

這座號稱全世界最長的長廊，一九九二年已被列入金氏紀錄，全長728米，廊上的每根枋梁上都有彩繪，共有圖畫14000餘幅，內容包括山水風景，花鳥魚蟲，人物典故等。可惜時間不足，我沒能從頭到尾走完長廊，只能在經過兩處遊客不多的路段，拍了兩張紀念照。

結束遊園前，順路到諧趣園走走，頤和園中的諧趣園，是最具江南園林特色的公園，據說是乾隆多次下江南後帶回的靈感，模仿江蘇寄暢園而建造的。時序已入秋，園中大池塘內的荷花柄葉漸枯，但池邊柳樹依舊垂著翠綠，我想若是荷花盛開季節，這裡將更美，不由得拍了幾張翠柳伴殘荷的秋景圖。

蘇州街是後山湖邊兩岸仿江南水鎮而建的商店街，清漪園時期岸上有各式店舖，如玉器古玩店，點心店，茶店，金銀首飾樓等，店舖中的店員都是太監，宮女妝扮，皇帝游幸時開始「營業」。如今的蘇州街，仍有蘇州水鄉的影子。

離開頤和園，我們趕往盧溝橋，坐在車上我回想剛才金碧輝煌建築的同時，也想到另一處古蹟——山東蓬萊的甲午戰爭遺跡。

中日甲午戰爭，不但毀滅了當時的中國海軍，也改寫了中國的近代歷史，原因就在於慈禧執意要興建頤和園，而動用了海軍軍費。

在蓬萊；當我見到北洋艦隊訓練的遺址，非常驚訝，原來當時訓練場地竟在一塊非常狹窄的水域中。我想在那個年代，朝廷若要有心鞏固海防，投注資金加強海軍的訓練，並非難事。山東地陪還向我們敘述了一段史實，據說；一八四〇年山東巡府托渾布，巡視蓬萊，見廣闊海域平靜無波，一時性起題下「海不揚波」四字。

這面牆於一八九五年一月十八日甲午戰爭時，受到日軍炮擊，留下紀錄這場慘烈海戰的見證，百年後再見，我仍覺得怵目驚心。

當我站在萬壽山頂，遠眺昆明湖時，心中很是困惑；據說當年慈禧執意要整修頤和園，為的只是迷信萬壽山的好風水，因一己之私，誤國害民，在歷史上留下千古罵名，同時也使這片好山好水好風光留下遺憾。

二〇〇九年三月三十一日

沙漠中的奇蹟

德州是美國最大的一州，從我家出發，以每小時七十英哩的車速往西走，需要八個多小時才能到達鄰近的新墨西哥州。

一路上人煙稀少，盡是農田與荒地，偶爾也可見到大型牧場與穀倉，當然也見過不少油井。

這些年我已習慣在曠野中開長途車，也學著欣賞天地遼闊之美，一望無際的農田與變化萬千的雲朵，都足以令我心曠神怡。

看到大片大片的農田，卻不見在田裡耕種的農夫，我領悟到農業機械化對本地農人的重要。

許多年前我曾聽一位朋友說過，他的父親是早年留美的農經博士，大陸淪陷後隨國民政府到台灣，曾建議政府實施農業機械化以改良台灣農業，但最後政府決定先實施「耕者有其田」政策，事實證明政府這個決策是對的。因為農業機械化較適合於幅員廣大的農地，而幅員廣大的農地，除使用機械來耕種外，連灑水系統也須機械化。

又是初春時節出遊，殘冬的外衣尚未完全退去，春季裡的繁花已迫不及待的降臨大地。小時候我總認為；春天裡開的白花都是李花或梨花，而所有的紅花都是梅花。

現在才知道；有許多行道樹，在春季長綠葉前也會開白花，花期很短，三、五天後，綠葉冒出，景色就完全改觀。每次我出門看到整排壯觀的白花行道樹，總後悔忘記隨身帶相機。

今春前往賭城的路上，經過新墨西哥州的小鎮，看到幾株這種不知名的行道樹，在藍天白雲的陪襯下，綠葉與白花顯得格外怡人。

如果只近觀這些白色花朵，我實在無法分辨它與梨花的不同。我們在小鎮的超市停車購物，在停車場見到一株開滿紅花的樹，也叫Plum（梅樹），只是不會結梅子。雖然不會結梅子，但花朵盛開時節，蜜蜂總是忙著採蜜。更難得見到一株紅白雙株的合體樹。

穿過亞利桑納州Flagstaff這個高山大城後，車子在海拔4000至7000英呎的路段上奔馳，高山的積雪已開始溶化，我們經過一處雪水豐沛的大湖，房舍與樹林倒影在湖水中的景色很美，不同於沿路單調的荒涼，我們停下車來，只想多看一眼春臨大地的喜悅，也默送漸行漸遠的殘冬。

進入胡佛水壩區以前，兩岸景色變化明顯，紅褐色光禿山岩與荒涼的草地間；出現的流水越來越寬廣，科羅拉多河水正是山谷中重要的水脈，也是胡佛水壩主要的水源。

當胡佛水壩映入眼簾那一刻，我總是精神抖擻的四處張望，面對這個走過數十次的世界知名水壩，我從不忘記下車看看，像探望老友一般的打個招呼。

水壩位於內華達州和亞利桑納州之間的黑色峽谷，始建於一九三一年，最後一次澆灌混凝土是在一九三五年，比預定計畫提前兩年完工。

完工後的水壩，不但提供給加州，內華達州和亞利桑納等地居民足夠的日常用水，而且對農工業發展助益極大，下車後我總不忘先觀察水庫水位是否下降了？因為這個水庫的盈虛，關係到鄰近數州的民生所需。

胡佛水壩建成後，除可控制水流外，上游的Lake Mead也成為頗受歡迎的休閒觀光勝地，每年都有將近千萬人到此滑雪，乘船與釣魚。我看到遠處湖中遊艇泛起的水波依舊平靜，似乎在告訴我此地一切如常。

水壩建造時期，正值美國經濟大蕭條，因而為此工程提供數量可觀的廉價勞工。建造水壩之前，必須先將科羅拉多河分流，但河流兩側懸崖遍佈，唯有在峽谷兩邊鑽挖爆破，才能開闢分流隧道，工程艱險不在話下。

根據統計，建造水壩總共失去一百一十二位工程人員的寶貴性命，我觀看紀錄影片，發現一個驚人的巧合，原來第一位與最後一位意外死亡的工人，竟是一對父子。

每次經過紀念碑前，我總不忘記向犧牲性命的工人們默默致敬。資料顯示；水壩工程所使用的水泥，足以用來建設一條由舊金山到紐約，橫貫美國東西的雙車道公路。此一工程花費之巨是可想而知的。回頭見到壯觀的洩洪口，就不難想像這水壩豐沛的蓄水量。

由於水壩建於美國兩個標準時區之間，相隔僅一步的距離，在時間上卻相差一小時。

每次我經過鐘塔，總不忘為此一特殊景觀攝影留念，以時速十五英哩的車速緩緩前進，我們只花費幾秒鐘就跨越州界，而時間上卻有一小時的變化。

自從二〇〇三年起，水壩區開始另一項工程，起初我們不太清楚究竟是何種工程？這兩年似乎看清楚了，日後再到賭城來，可能不需穿越水壩區。如今水壩上端，連結兩側峽谷懸崖的空中橋樑已具雛型，又是一件沙漠中艱鉅的工程。

我想修建這條繞道公路的目的；是為了減輕水壩區道路的負荷。如今平地路面已大致修妥，下回我再來拉斯維加斯，可能就不需經過水壩區了。

拉斯維加斯這個城市名，取自西班牙語「肥沃山谷」之意，當地在十九世紀初，只是荒涼沙漠中一處有泉水的綠洲，由於淘金的熱潮，使這塊綠洲逐漸受到重視。

一九三一年美國大蕭條時期，也正值胡佛水壩的工程開展，大批失業者湧入，為了度過經濟難關，內華達州議會通過賭博合法化的議案，從此這個以賭博聞名的城市快速成長。

如今的拉斯維加斯除興旺的賭博業外，更是一個商機無限的渡假中心，由於大型觀光酒店中都建有寬敞的會議廳與展覽場地，賭城每年也吸引無數的商業展覽與大型會議。

以前我們常住的飯店——Stratosphere Tower（高塔酒店），它是這座城區的地標，位在拉斯維加斯大道的北端，接近舊城，高塔只是招牌景觀，客房都在高塔的下面。每當夜幕低垂時，整條拉斯維加斯大道都閃爍著光彩奪目的霓虹燈，這座高塔更是被裝點得五光十色，挺立在街道的盡頭眺望遠方，也為黑夜中的遊客指引方向，儼然是賭城的地標。

二〇〇五年起，我們有位親戚由香港搬回拉斯維加斯，每次我們來參加商展，就住在她家也順便探親。

白天開車由高速公路上遠望城中的住宅區，仍可見到遠處的荒山。親戚說；前幾年拉斯維加斯就業機會良好，隨著大量居民遷入，不斷開闢的新住宅區，已造成當地居民用水受到限制。雖然如此，她家前後院仍有令我十分羨慕的庭園花卉與蔬果。

有一次我們在盛夏到訪他家，剛到門口就被一株火紅的不知名花所吸引。原來這種花叫做Purple sage，多生長在沙漠地區，在其他地區並不多見。我對這種花很感興趣，更覺得造物者真是奇妙，缺水的沙漠，也能開出美麗的花朵。

今年我們春季到訪時，正逢杏花盛開，高掛枝頭的杏花，引來蜜蜂兒忙著在花間採蜜。他們後院中其他季節豐盛的蔬果，包括桃子、蕃茄、包心菜、茄子、白花菜與葡萄。我除了欽佩這對夫婦的辛勤耕耘外，更羨慕這片清靜小農場沒受到野兔與松鼠的打擾，使得主人年年豐收。

每次看商展我們至少要跑三個展覽會場，最主要的會場，緊鄰Venetian（威尼斯人）大酒店，每天清晨我們將車子停在酒店立體停車場內，穿過飯店樓層，來到展覽會場。

這是一家裝飾得金璧輝煌的世界知名大酒店，酒店內吃喝玩樂應有盡有，更有許多藝人精采的表演。令我印象最深刻的表演，是一位白衣白面的藝人，「站功」一流，矗立在表演台上，如木頭人般的辛苦演出，博得許多觀眾的贊賞，自動將小費送上。

我站在旁邊仔細觀察，這位藝人並非一動也不動，除偶而眨動的眼睫毛外，他晃動身體的技巧也非常高明。不過我想這是一項難度極高的本領，我來來回回走過許多次，總共只看過一男一女兩位表演者輪流演出。

另一組經常出現的藝人，是演唱意大利歌劇的演員，演出場地前有冰淇淋攤位，也有兩處室外的義大利餐廳。聽眾對他們的賣力演出，總報以熱烈的掌聲，和閃爍不斷的鎂光燈。

展覽會結束時，總是人車擁擠，我們曾被困在停車場內走走停停超過一小時。之後學乖了，避開大批人潮的方法；不是早走就是晚點離開，當我們選擇晚走時，就留在Venetian吃頓晚餐。

五星級觀光大酒店內，也有許多價格實惠食物美味的餐廳，我們選擇一家沿著室內河流而設的餐廳，進餐時視覺享受極佳。

裝飾如藍天白雲的屋頂，映照著波光粼粼的水面，遠處緩緩搖來一條美麗的Gondola（狹長小船），船上不時傳來陣陣歌聲。如此悠閒景緻，陪伴我品味美食，這是我在拉斯維加斯最愜意的時刻。

對我這種與賭博無緣分的人，來到拉斯維加斯的另一目的就是品嘗美食。這裡每家大飯店內都有招攬顧客的著名餐廳，前兩年才開幕的Wynn，離我們經常走動的展覽會場很近，我們進去參觀過幾次，當然也嚐過那裡的海鮮自助餐。

Wynn這家酒店，非常重視人數眾多的中國顧客，中文在此也並列為重要語言之一。為了博取一些賭性堅強中國客人的歡心，特將飯店名翻譯為「穩贏」，的確很討喜。

拉斯維加斯大道上許多著名大酒店，都以匠心獨具的裝潢，樹立與眾不同的風格以招攬遊客。Wynn的大廳內有一處兩層樓高的人造瀑布，是遊客們最愛攝影留念的地方。

吃完豐盛的自助餐，我們悠閒的漫步廳內，處處可見似錦繁花，有些色彩嬌豔如假還真，遊走期間我真有些迷惑。室內觀葉植物每片都被擦拭得一塵不染，看來這些鮮活的植物，不但娛樂了遊客們的心情，也造就許多工作機會。

拉斯維加斯大道上，擠滿了大大小小兩百多家觀光酒店，當夜幕輕巧拉開醉人風光時，街頭處處閃爍著這個城市的與眾不同。

許多來渡假的觀光客，也不忘預購門票，觀賞幾場精采的歌舞表演。許多年前；朋友送我們兩張「鐵達尼號」電影主唱歌星Celine Dion演唱會的門票，令我大開眼界，聲光音效舞台設計，樣樣完美，能在此地舞台佔據一席之地的藝人，的確都有超群的水準。

Celine Dion的演唱會場，是在著名的Caesars Palace（凱撒宮）內，凱撒宮是賭城第一座主題建築，充滿古羅馬帝國色彩，周圍矗立著羅馬帝國時代英雄的精美塑像，令遊客流連忘返。

這座在拉斯維加斯風光了將近四十年的知名大酒店，每當夜幕低垂時景色更是迷人，如果遇上隔壁鄰居Bellagio門前的水舞演出時刻，這兩處廣場，總搶盡無數夜遊人的目光，水舞伴隨音樂與燈光，為這座荒漠中的城市舞出無限迷人的樂章。

有人說拉斯維加斯是個希望之城，它為賭客們帶來無盡的希望。也有人視它為罪惡淵藪，因為有許多人沉迷於賭局中無法自拔而傾家蕩產。對我而言；這裡只是滾滾紅塵中的大千世界，我以平常心來去自如，過去現在未來都是如此。

商展結束，離開拉斯維加斯，抵達水壩區之前，我總愛在一處路邊高地停留片刻，由這裡我可以清楚看到水庫上游Lake Mead的部分景觀。

自九一一事件以後，進出水壩區的車輛都需停車受檢，沙漠氣候無論酷暑或嚴冬，室外工作都是極辛苦的差事，我們進出無數次，發現檢查站的工作人員態度認真而和氣。

從拉斯維加斯到胡佛水壩這一大片沙漠地帶，經過將近百年的開發營建，已留下許多輝煌紀錄，毫無疑問的譜成了一段沙漠中的奇蹟。

當我們的座車漸漸遠離水庫區時，窗外的碧海藍天與荒漠，也逐漸遠離我們的視線。

我們決定由另一條高速公路返回達拉斯，沿途景觀略有不同。

經過亞利桑納州山區，我停下來留了兩張巨型仙人掌（Giant Saquaro）的鏡頭，這種仙人掌已是稀有植物，本州明令立法保護，違規砍伐者將受刑責。

這種仙人掌究竟有多高呢？當我們行經一處公園，我下車與一株巨無霸仙人掌合影，168公分高的我也顯得嬌小了。

回到接近家門還有大半天路程的德州郊外，單調的荒郊野外，仍有一些值得我們停車留影的景點。

一大片青草地上，放養著一群美洲駱駝，吸引許多過路旅客停車觀賞。

午後天氣逐漸陰暗，經過一處空曠的原野，遠遠見著幾輛靠邊停放的車子，走出車外的遊人都緊握像機，直奔不遠處的特殊景觀。

不知出自何人的點子？將一輛輛廢棄的舊車，彩繪成五顏六色的「花車」斜插在地上，像是一堵拔地而起的門牆。昔日的高檔車——凱迪拉克和賓士，一定沒想到，退休後還有這種賸餘用途，為疲憊旅客提供休憩觀賞的機會，其價值當然遠勝過變成一堆廢鐵。

二〇〇九年四月二十七日

映雪

她自幼沒娘，最渴望有個屬於自己的家，和愛她的男人生幾個孩子，就這樣過一輩子。

小學時代她已明顯早熟，初中剛畢業她就嫁給一個老得足以做她父親的老兵，為的只是口袋裡能經常有零花錢。老兵對她還不錯，下班後總是忙著趕回來為她煮飯，沒多久她懷孕了，為老丈夫生了個小女兒，老丈夫更加疼愛她，整天忙進忙出的照顧這「兩個孩子」。

映雪越來越成熟，生過孩子的她更是女人味十足，日益衰老的丈夫無法滿足她的生理需求。映雪開始不安分。天黑以後，左鄰右舍總見到她打扮得花枝招展的外出，深夜或清晨再由汽車或摩托車送到巷口。

她的老丈夫不願管也管不了她，退一步想，映雪白天仍照顧孩子。雖然大多時間，她總是敞開胸襟，將奶頭塞進女兒的嘴裡，自己仍然昏睡著，任由女兒哭夠了吃，吃飽了睡。

如今的她，完全忘記自己是如何長大的？母親死後，他那位視酒如命的父親，從未管過她和妹妹一頓飽飯。她曾說過將來一定要給孩子一個溫飽的家，如今這個誓言已在她記憶中消逝。

終於她開始覺醒，那是一個落葉滿地的仲秋，她睡到中午才清醒，發現女兒已滾到床邊，再翻滾半下就會掉下床，撥開披散在女兒臉上的亂髮，她的心感到一陣劇烈的抽痛，突然她無法分辨；這是女兒或是妹妹的臉？骯髒，疲倦，滿臉淚痕，與她小時常見的妹妹完全一樣。

她本能的抱起縮成一團的女兒，天啊！女兒都快一歲了，她才看清這張小臉，頓時她傷心的哭出聲來，彷彿要藉著號哭警醒走在迷途的自己。小女兒受到哭聲的驚擾，扭動了一下身軀，孩子實在太疲倦，仍然沉睡著。

下班了，老丈夫匆匆趕回家，意外發現安分在家的妻子，他幾乎不敢相信自己的眼睛，映雪這才發現丈夫的背更駝了，她再度痛哭失聲，哭出自已的悔悟與愧疚，老丈夫深情的摟著她，使她感到前所未有的溫暖。

窗外的落葉更厚了，黑夜中的涼意也更重了，映雪的心卻感到十分踏實，她不再感到孤獨無助，因為她有家了，一個溫暖的家。

二〇〇九年夏

我的「視」界變了

那一年，我接受眼睛例行檢查，醫生的結論是：「我建議妳立即接受左眼白內障手術，妳是我見過的最年輕患者。」

看著醫生嚴肅的表情，我相信手術是無法避免了。記得父親是七十三歲那年才接受白內障手術，我的眼睛比父親提早十九年老化，難怪醫生視我為特殊病人。

手術非常順利，除按時點幾種眼藥外，我的生活一切如常。晚上入浴時，我格外注意擦乾雙眼後才慢慢睜開眼睛，天啊！我的「視」界變了，浴室內的景象不再朦朧。

我從小學四年級就開始受到近視的困擾，打那時起，我在浴室中梳洗時，就如同置身雲裡霧中，一切都在虛無縹緲間。雖然大學畢業後開始戴隱形眼鏡，但晚上入睡前一定摘下眼鏡沐浴，浴室中的模糊形象也就習以為常了。

雙眼超過六百度的近視度數，陪伴我過了大半輩子，年輕時曾聽說近視的人不易得老花眼，老來可少配一副眼鏡。其實不然，四十剛出頭，我的視力就出現明顯變化，如果不戴近視眼鏡，我可是看遠依舊朦朧，看近則由以往的放在鼻尖「近觀」，改為拿得遠遠的「遙望」。

如今可好，左眼動過白內障手術後，近視的困擾竟解決了，看遠用左眼、看近用右眼，相安無事的過了一陣子，暗自竊喜，左右眼各司其職的日子真美妙！

誰知沒多久就出事了，兩眼焦距沒掌握好，下樓梯時重重摔了一跤，扭傷右踝後痛定思痛，接受醫生建議，去年底將逐漸嚴重的右眼白內障也摘除，從此我完全不受近視的困擾，鼻樑上只需架一副老花眼鏡。

堂堂進入單純的老花眼時代，起初還真有點不自在，首先要改掉睡前閱讀的習慣，以往睡前一書在手，無論「近觀」或「遙望」，都可輕鬆自在的入夢。現在非得掛上老花眼鏡才能閱讀，這鼻樑上的小小壓力，竟使我無法輕鬆入睡，實在是始料未及的變化。

人要服老，更要感恩，雙眼動過白內障手術後，我的生活雖有改變，但仍是方便多於不便，而兩眼相隔一年的手術時間，給我生活增添的變化，有苦也有樂，現在回憶起來，也算是一段難忘的經歷。

二○○九年七月五日刊登於世界日報家園版

七七話盧溝

「燕京八景」之一的「盧溝曉月」，一直是我所嚮往的景緻，這份嚮往源自於詩人墨客留下的詩篇。

據說以橋入詩，始於建安文人，千百年來；無數歌詠橋樑的詩文中，我獨愛「盧溝曉月」的意境。

不僅因為迷戀這座壯美石橋與微波粼粼的河水，最令我癡迷的更是朦朧「曉月」。試想；在茫茫的晨曦中，站立橋上，憑欄遙望，只見月淡星稀，兩岸樹木鬱鬱葱葱，遠處山巒隱隱約約，這該是幅多麼迷人的景象！

當然；景色美，意境佳的好山好水，若無動人的詩篇吟詠傳誦，再美的景緻也無法聞名於世。說到「盧溝曉月」的景緻得以揚名天下，實有其特殊的地緣關係。

盧溝橋自古就是南北交通要道，更是進出京師的必經之路，南來北往的仕宦，商旅，在此歇宿一夜，五更天聞雞早起，繼續趕路，到達盧溝橋上，正是「踏霜見曉月」的時刻，所謂「金雞唱徹扶桑曉，殘月娟娟掛林稍」，雖不是特意來欣賞風景的旅人，立馬橋頭，眼見這朦朧景色，也自然而然引發詩情，或是思鄉念友，或是感懷自身，因而成就了一首首動人的詩篇。

歷代詩人以「盧溝曉月」為題材的詩作，多因個人心情與觀景角度不同，而呈現不同風格。

如明朝詩人鄒緝，有吟詠盧溝曉月的七言律詩傳世，我非常喜愛。

河橋殘月曉蒼蒼　照見盧溝野水黃
樹入平郊分淡靄　天空斷岸隱微光
北趨禁闕神京近　南去征車客路長
多少行人此來往　馬蹄踏盡五更霜

元人尹建高也有首抒寫「盧溝曉月」的佳句。

欄杆滉漾晨霧薄　馬度石橋人未覺
滔滔流水去無聲　月輪飛掛天西角
千村萬落荒雞鳴　大車小車相間行
停鞭立盡楊柳影　孤鳴天沒青山橫

前者以描繪岸上的景色與地理形勢為主，後者則著重描述橋下流水與遠山近景，二人觀景的角度雖略有不同，但詩意中蘊含的閑情逸趣卻相似，尤其對「曉月」景色的描繪，都十分生動。

另一位詩人明代張元芳的「盧溝曉月」詩，則顯露出一份前程未卜的淡淡憂思：

禁城曙色望漫漫　霜落疏影刻漏殘
天沒長河宮樹曉　月明芳草戍樓寒
參差闕角雙龍迴　迤邐溝橋匹馬看

萬戶雞鳴茅舍冷　遙瞻北級在雲端

如此看來；歷代文人墨客在路過盧溝橋時，借景抒情的詩文，既抒發了個人的心緒，也傳揚了「盧溝曉月」的特殊景緻。

民國二十六年七月七日，「七七事變」的砲聲，更將這座石橋的威名傳播於世界。其實；在此之前，此橋的美名早已西傳，那是經由馬可波羅的介紹，在他的遊記中，將此橋形容為「世界上最好的，獨一無二的橋。」

這座我國北方古代的最大石橋，一直是我計劃造訪的勝地，二〇〇八年仲秋的一個午後，我終於如願踏上此橋。當友人將車停妥後，我就急忙下車四處觀望，試圖以最快的速度親近這座我心儀已久的名橋，朋友却告訴我盧溝橋建在宛平城西邊威嚴門外，我們須由東邊的順治門穿過宛平城，才能見到此橋。

明朝末年，為了防備李自成的農民軍北上進犯北京城，崇禎十三年在盧溝橋東岸築「拱北城」，民國時代改稱宛平城，至今已有將近四百年歷史，是華北地區保存較完整的城池。

如今的宛平城內，已看不到熙來攘往的趕路行者，除當地居民外，常可見到一些慕名而來的觀光客，街道兩旁的濃蔭古樹，像是歷史的見證者，挺立在略帶寒意的陣陣秋風中。

走在城內的青石板路上，我刻意放慢腳步，感受踏在古樸路面上的幽情，青石板路兩旁是加寬的路面，道旁兩列整齊房舍，除當地居民的住宅外，還建了一些吸引觀光客的景點。我在兩處建築物前略為停留，一處門扁上寫著「盧溝驛」，另一處則是「盧溝縣衙」，驛站與縣衙外都豎立著如今已不常見的「拴馬石」，縣衙外有推車小販，及兩台陳舊的三輪板車，顯示這座古城已不復昔日繁榮富麗。轉身又見到一輛馱物與人的騾車，和路旁停泊的自用轎車形成鮮明對比。

出城前我們經過抗戰紀念館，一行人趕在關館前入內參觀，在展示抗戰武器的櫥窗內，我見到一柄大刀，因而想起親身參與八年抗戰的父親所敘述地往事：

抗戰初期，國軍與日軍所使用的武器極為懸殊，駐守在盧溝橋的國軍第二十九軍有「大刀隊」，曾在喜峰口戰役中以大刀與日軍奮戰，獲得「九一八事變」後的重大勝利。抗戰初期；大刀進行曲是全國軍民都熟悉的愛國歌曲，其中第一句歌詞：「大刀向鬼子們的頭上砍去」，這是我自幼就常聽父親提起而耳熟能詳的往事，如今親睹此物，自然感觸良多。

經過抗戰紀念廣場，我見到一門大砲，據說就是這門大砲，發出抗日的第一聲怒吼。

盧溝橋位在抗戰紀念廣場的西邊，我們一行人不急於上橋，全神專注的觀賞橋頭的乾隆御碑，並迎著逐漸西沉的夕陽，與之攝影留念。

乾隆御筆親提「盧溝曉月」四字，如今是每位到此一遊旅客必定留影的鏡頭。御碑背後，是乾隆親提「察永定河」詩一首，詩的意境雖非絕妙，但體恤百姓疾苦的真情溢於言表。

站在橋上遠望，視野更為寬廣，刺眼的陽光已漸西沉，我們開始細細觀賞盧溝橋兩列的石獅與壯觀的華表，見到石獅子的第一印象是；它們比我想像中嬌小又可愛！

盧溝橋因橫跨盧溝河而得名，盧溝河又名桑乾河，夏季時常氾濫成災，河道屢有遷移，故又稱無定河。康熙年間疏濬河水，改無定河為永定河，但盧溝橋之名，一直延用至今。

▲ 回望宛平

同所有河流一樣，盧溝河在遠古是沒有橋樑的，只有河津渡口。漢魏之後，盧溝渡口逐漸成為華北，東北，蒙古三地的轉運要站，這種重要性至唐朝更為明顯，也為日後的建橋工程埋下重要因素。

盧溝橋的建成，無疑是金國建築史上的一大成就，橋的工程結構嚴謹，建材考究，橋面兩旁石欄杆的欄板及望柱石上雕刻了花紋與石獅，使石欄杆成為精美藝術品。

雕刻石獅是盧溝橋上的藝術珍品，數百隻大小獅子千姿百態，栩栩如生，體態或胖或瘦，姿勢或坐或臥或躺或躍，神情或喜或怒，有的側身轉首，兩兩相對。有的昂首挺胸，仰忘雲天，更有大獅子懷抱或戲耍小獅子，大大小小獅子的姿態完全不同，有的小獅子隱藏在母獅懷中或雄獅背後，容易被忽略，這也是造成石獅數目難清點的主因，我所查到較有共識的數目為總共四百八十五隻。盧溝橋上的雕刻石獅，提升了盧溝橋的藝術價值。

回望宛平，我似乎能感受古代商旅漂泊在外，思鄉念友的心情，油然而生。站在橋的西端，望著當年日軍踏過的石板路，我的心情依然激動。

天邊的大片夕陽更為西沉，雖無緣見到我嚮往的「盧溝曉月」，但能在橋上眼見夕陽西下，我也心滿意足了。

二○○九年七月七日

欣然走訪古老東方神韻之都——西安

如今的西安既有古老東方神韻，又兼具現代化，走訪這個千年古都是我計畫許久之事，對我的洋老公而言，親眼目睹兵馬俑，更是他盼望已久的心願。

西安古稱長安，是絲綢之路的起點，也是舉世注目的世界四大文明古都之一，更擠身於中國六大文明古都之列，先後有十七個朝代及政權建都於此，在它發展的頂峰時期，大約擁有逾百萬的人口，是人類歷史上第一個達到百萬人口的城市。

二〇〇八年十月二十二日我們由北京飛抵西安，迎接我們的除了旅行社的導遊與司機外，還有那寒徹骨的斜風細雨，我沒料到北京與西安的氣溫竟如此懸殊，儘管天氣惡劣，並未影響我們參觀兵馬俑的熱情。

我們抵達兵馬俑坑時，正是吃午飯的時間，飽餐一頓豐盛的熱食後，驅走不少寒意，我們參觀遊覽的興致就更高昂了。

秦兵馬俑坑位於秦始皇陵以東約1.5公里處，普遍認為秦始皇兵馬俑位於秦始皇陵的外圍，有戍衛陵寢的含義。一九七四年三月臨潼縣晏寨公社西楊村的農民楊志發等人在秦陵東側打井，意外地挖出了一個陶俑的軀幹和一些肢體碎片，考古工作者根據這些線索，經過數年的精心鑽探與發掘，終於將一個規模宏偉震驚歷史的奇蹟展現給世人。

一九七九年十月秦始皇兵馬俑博物館建成，它也是當今世界上最大的遺址性軍事博物館。我們雖在建館後的三十年才到此親訪，但仍難掩興奮之情，在導遊的陪伴下，我們開始參觀這個全世界著名的奇觀。

法國前總理希拉克說：「不看兵馬俑，等於沒有真正到過中國」。兵馬俑坑是秦始皇陵的陪葬坑之一，象徵秦始皇的無敵大軍。當我踏入坑內的第一個感覺，就是「好大，好偉大！」，不愧被稱為世界第八大奇蹟。

陶俑大小與真人相同，完全以手功打造，因此容貌體態各異。導遊說法國有位記者，見過這些英姿煥發的兵俑後，認為偉大工匠的傑作，展現出中國男子最英俊的一面。我則驚訝於工匠的好手藝，竟連鞋底的細紋都不馬虎，真是令人嘆為觀止的傑作。

參觀途中，我們經過一處藝品店，導遊向我們敘述兵馬俑的發現人楊志發的故事：

據說當年一同掘井的共有九人，唯獨楊老先生不信邪，硬要將泥俑碎片送去檢驗，多虧他的堅持，不但發現了世界奇觀，也為當地居民帶來商機與財富，當地有副對聯是這麼寫的：「翻身不忘共產黨」，「致富不忘秦始皇」，橫批是「感謝老楊」。

可惜當年的發現人並未因此受重視，直到多年後，法國領導人席哈克訪問西安，要求一見發現人，才趕緊找到老楊。席哈克當面稱讚老楊的偉大發現，還請老楊簽名合影，可惜老楊不識字，連自已名字也不會寫，只會畫圓圈，表示當初他是在地上畫圓圈挖井時挖到寶物。

經過這事件後，當地政府為老楊請來一位書法家老師，教他學會簽自己的姓名。如今他每日到店裡上班，由政府支薪，應遊客要求，簽名一次的費用是人民幣二十元，我為老公買了本書，也看他親筆簽下〈楊培彥〉三字，不免想到；成名的人可能需改一個較文雅的名字吧！

驪山是傳說中女媧補天處，山下有華清池，始皇選擇在此長眠，據說是看中此地的好風水。驪山上松柏長青，鬱鬱蔥蔥，遠看形似一匹青色的驪馬，故名「驪山」。

歷史上「烽火戲諸侯，一笑失天下」的典故就發生在這裡，相傳；周幽王為博取愛妃褒姒一笑，曾在這裡舉烽火戲弄諸侯。當犬戎攻入驪山，幽王再下令點燃烽火，各諸侯卻無 人來救，幽王被殺，褒姒被擄，西周滅亡。當我從兵馬俑坑中走出，站在山下，覺得和歷史好貼近。

離開兵馬俑坑，我們再度經過始皇陵。據考證；秦始皇陵墓經歷三十九年的修建，是中國第一個規模宏大，布局講究且保存完好的帝王陵寢，其實與其說是陵墓，倒更像是都邑。

我們沒購票入內，只在門外往裡瞧了瞧，見到一座小丘似的土堆，其上盡為綠樹所覆蓋，土堆中央有條長長的階梯，眼前所見早已成為世界遺產保護對象，但我心中十分不解，為何這位生前畏懼死亡的暴君，對自己陵墓的修建要如此誇張？雖然這一連串的建築，保留了大量的古文明，但卻苦了當代的人民。

離開始皇陵，上車前，司機為我買了兩粒石榴，囑咐我一定要吃，可治療我瀉肚的毛病。此時正是石榴的盛產期。物美價廉又能建胃整腸，吃後果然有效，我對石榴的好印象更為肯定了。

此時天氣已放晴，氣溫回升，導遊帶我來到另一處古蹟，我才會意到，西安除始皇陵外，還有華清池也值得一遊。這裡不但因楊貴妃出浴而享盛名，更曾發生過震驚中外的西安事變。下車前，我遠望山上有一亭閣，向導遊詢問，得知這正是西安事變時蔣公遇難處，後來建了一座兵諫亭，我深知時間和體力都不允許我爬上山去一探究竟，下車後立即拍一個遠鏡頭留念。

儘管白居易的長恨歌，為明皇與貴妃這樁不倫之戀，作了美麗的詮釋，但我從未欣賞過這段不倫戀。如今懷著緬懷古蹟的心情到此一遊。仍希望一睹這春寒賜浴之處如今的面貌。

雖然秋意已濃，但園中與山上仍充滿綠意，以貴妃雕像為主，我拍下入園後的第一張相片，為這段思古憶往的遊歷揭開序幕。

華清池是一處自然造化的天然溫泉，共有四處泉源，泉水無色透明，水溫常年穩定在攝氏四十三度左右。溫泉水不僅適於洗澡淋浴，同時對關節炎，皮膚病等都有一定的療效。我在無意間發現一處供遊人洗手的溫泉水，花了五毛錢，讓自己享受一下古代帝王后妃的特權，不禁想到郭沫若的詩句「華清池水色清蒼，此日規模越勝唐，不僅宮池依舊制，而今庶民盡天王」，雙手淋著溫泉水，陣陣暖意直沁心田，華清池水的魅力令我發出會心一笑。

在禦湯遺址博物館，我們見到「蓮花湯」與「海棠湯」，前者是唐玄宗李隆基沐浴之地，後者則是楊貴妃沐浴的湯池，此外還有「星辰湯」、「太子湯」、「尚食湯」等附屬湯池。特別值得一提的是「尚食湯」，那是為御廚們設置的，池邊依稀可見一排小水孔，據說那是為御廚們做腳底按摩之用。

「海棠湯」池形如海棠，供貴妃享用，我們親眼所見的「海棠湯」，已是一個乾涸的池子，當時正有工人在整理，眼前所見，實在無法與美女楊貴妃聯想在一起，這恐怕是此行最令我失望之處。

觀看完各種浴池後，我們轉往西安事變的發生現場，民國二十五年十月及十二月，蔣公兩次前往西安，都住在華清池的五間廳，廳前有警衛排駐守。

西安事變，又稱雙十二事變。一九三六年十二月十二日，當時擔任西北剿匪副總司令的東北軍領袖張學良，和當時擔任國民革命軍第十七路總指揮的西北軍領袖楊虎城，在西安發動兵變，扣留當時擔任國民政府軍事委員會委員長和西北剿匪總司令的蔣介石，以逼蔣「停止剿共，改組政府，出兵抗日」。

蔣公在西安半月記中寫到：「十二月十二日，凌晨五時半，忽聞行轅大門前有槍聲，立命侍衛往視，未歸報，而第二槍又發；再遣第二人往探，此后槍聲連續不止，乃知東北軍叛變。」可見事變發生之倉卒。

半月記中又寫到：「山嶺陡絕，攀援摸索而上，至山腹，失足陷入一岩穴中，荊棘叢生，才可容身，此時身體已覺疲乏不堪，起而復仆者再只得就此暫息，以觀其變。」可見事件發生時。蔣公逃亡之艱苦。

如今遊客遊走期間，已無法感受當日之情景，但由牆上依稀可視的彈痕，不難想見這歷史之日，戰況有多激烈。

為了增加遊客追懷歷史人物的興趣，有關機構已重新部置蔣公舊日行館。我從窗外看到許多熟悉的裝飾與照片，很是驚訝！無論是蔣公夫婦合照，蔣公墨寶，蔣公結婚照與書房，在此地見到這些東西，我有些意外。

華清池以溫泉著稱，蔣公行館中的浴池也備受矚目，由簡單的陳設，可見得蔣公生活之樸實。

到西安的第二天，我專程趕到茂陵，這是一般旅行團不安排的行程。我專程到此的目的，只想一睹漢唐時代的建築風格，我一直覺得，看多了清朝金碧輝煌的建築，很想看看漢唐的古樸。

茂陵是漢武帝劉徹的陵墓，也是西漢帝王陵中規模最大的。這裡曾是中國歷史上最為悠久的帝王都城，也曾安息著千百位曾經叱咤風雲的歷代王侯將相們。

茂陵周圍有李夫人、衛青、霍去病、霍光、陽信公主、公孫弘，上官桀以及李延年等陪葬墓，在霍去病墓址上建有茂陵博物館。如今霍去病墓址是園中的重要古蹟，遊客們都爬到頂端遠眺四週的其他陵墓。

館內各種建築的風格與明清時代迴異，屋頂與圍欄上飾物的色彩也較樸實，多為磚紅或灰綠色，龍鳳圖形也著重線條美，圍欄雕飾，造型與顏色都是漢代風格，線條簡樸有力，宏偉的建築物蘊含著蒼勁的氣魄。此處各類建築物與雕飾，雖不似明清建築中精雕細琢的龍鳳那般雍容，但我卻喜愛這份淡雅與清新。

茂陵博物館中另一項著名國寶是茂陵巨型石刻群，這是我來到此處後才得知的訊息， 自然要仔細欣賞，據說這些漢代石刻藝術的經典，是中國目前所發現時間最早、最完整的大型陵墓石刻藝術珍品，如今已被中外雕刻美學界稱為千古絕品。

我印象最深刻的是一頭石馬，它是利用巨石的天然形狀，略加雕刻而成，栩栩如生，遠觀與近玩各有不同情趣。但都能使人樂此不疲。陵墓四週陳列著石人、石馬、石虎、石象、石牛、石魚等有十六件如此類型的石雕，其中「馬踏匈奴」石雕通高168厘米，長190厘米，是霍去病墓石刻群的主像，引得眾多遊人駐足觀賞。許多人都認為；遊茂陵如不欣賞這批石雕藝術，就不算真正遊過茂陵。

古咸陽曾是商賈鉅富與名人爭相遷住的大都會，其中不少在西漢舞台上扮演過重要角色，如董仲舒，司馬遷，司馬相如等。這個大城如今卻十分沒落，政治與經濟各方面都無法與其他大城市相比，唯有古蹟陵墓處處皆是，因此被稱為中國的金字塔城。

我從西安到此，彷彿感到與漢唐更接近，登上霍去病墳堆的頂端，環視週邊大小不一的土堆，腦中不免浮起英雄豪傑的豐功偉業，但這一切而今安在？憑弔古人，無限唏噓，如今唯有望墓興嘆！

回程再度經過漢武帝陵墓前，漢武帝陵墓茂陵是咸陽平原上西漢帝陵中最西邊的一座，這座陵墓前原有一墓碑，如今已不復見。漢武帝從十六歲當皇帝，到七十一歲死，在位五十四年，營建茂陵就長達五十三年，到他下葬時，墓邊開始建陵時種植的樹木已可合抱。

許多書籍記載，漢武帝陵墓已被盜一空，我下車照相，順便低聲問武帝：「你曾是位雄才大略的英明君王，因何為了自己的陵墓而勞民傷財？如今空留一塚，落得罵名，所為何來？」

在西安，我還遊歷了大小雁塔，碑林，中式建築的清真寺，以及古長城，但感受較為一般，不值一提。

西安在中國歷史上做了八百多年的老大，雖然在宋代以後就已經衰落，但直至民國西安仍然是西北的霸主，如今西安不僅GPA總量排在四十名之外，人均GDP和人均收入水平也被後起的烏魯木齊超過，難怪有人要說，西安真是失落城市的榜首。

在遊歷過上海和北京這種國際大城市後，我對西安仍然偏愛，愛它的古樸，也愛它的沉穩端莊。

夜晚走在西安街頭，到處都是五光十色的霓虹燈，彷彿要以另一種姿態引起遊人的注意。我在參加完餃子宴後漫步街頭，特別覺得想再親近一下這個韻味十足的古城。

最後來到鼓樓前，日間的鼓樓雄偉壯觀，夜間加裝燈飾後，特別顯得金碧輝煌，似乎更能顯現古城的神韻。

二〇〇九年十月十一日完稿於達拉斯

有心與無意

每年五月，是我家後院最有看頭的時節。迎著微風搖曳生姿。橘黃色的金針花，似慈母般的含笑倚牆而立。雖只是些尋常百姓家的普通花兒，却為我的平淡生活增添無限情趣。

那天清晨，我隔著落地玻璃門，盡情欣賞院中的繁花綠葉，忽然一片片不知名的淡紫色花瓣，如柳絮般飄然落下，煞是好看，令我沉醉其中，卻被一個俯衝落地的不名物驚醒，定神一看，竟是一隻受傷的幼鳥，想必是這一大片玻璃門迷了牠的眼，糊裡糊塗俯衝下來，撞上玻璃門，如今非死即重傷。我看這幼鳥應是後院車棚樑柱上鳥巢中的嬌客，如今牠落難了，鳥媽媽一定著急，可憐天下父母心，我當時有股衝動，真想送鳥兒去醫院。回頭再看看，鳥兒捲縮的爪子有些抽動，太好了，牠仍活著。

往後的時間裡，我揪著心不停的往外看，小鳥兒試圖睜眼，卻力不從心，我見牠沒死，更想送牠去醫院急救，但老公反對，怕我移動牠反而會傷害牠。十分鐘，半小時，時間不停的消逝，牠仍躺在原地，雖已能張開雙眼，卻無力站起，想必仍然頭暈。

大約一小時過去了，牠漸漸能站穩，情況已大有改進，只是仍無力飛行。此時我突發奇想，認為應給鳥兒餵食，餵啥好呢？想到餐桌上還有沒吃完的土司，順手掰下一小塊，躡手躡腳的來到後院，當我走近鳥兒時，牠掙扎著想展翅高飛，卻沒成功，我警覺的停在原地，心想；人不過去，就將食物丟給牠吧！沒想到這動作反而嚇到牠了，牠以為遭到攻擊，立刻振翅飛起，這使我警覺自己犯下大錯，但為時已晚，望著牠跌跌撞撞的勉強飛起，我既悔又恨，真是愛之實以害之啊！

幾天以來，心中一直牽掛此事，雖是無心之過，但我仍愧疚不已，每當聽到院中有鳥叫聲，我都以為是鳥媽媽在尋子，暗自禱告，希望這隻幼鳥能平安回家。

又過了幾日的清晨，我靜坐在玻璃門前品味咖啡，香醇味濃的巴西咖啡使晨泳回來的我更有精神。窗外景色依舊清新，我對日前傷鳥之事雖仍有愧疚，但眼前的盎然綠意，已能舒緩我心緒。

想著想著，我的視線被玻璃門上的一堆不明物所吸引，定神一看，那是一塊塊的蟲卵，每一塊約有我指甲蓋那般大小，成六角形的塊狀，每塊中至少有幾十粒卵，正成群結隊的移動，看得我頭皮發麻，一時無法分辨是何種蟲卵？越看越感到不安。

突然腦中閃出一個訊息，德州又有一種兇猛的螞蟻入侵，繁殖與破壞能力都超強，難道我家後院也淪陷了嗎？那太可怕啦！立即想到要消滅蟻患，於是拿起滅蟻藥直奔後院，對準正在移動的蟲卵隊伍大開殺戒，直到蟲卵不再移動才罷手，心中對這場殺戮毫無愧疚。

不久老公梳洗完畢準備吃早餐，我迫不及待向他敘述我的戰果，他頗不以為然，忙到後院一探究竟，最後笑著對我說；我太緊張，剛才殺的是一群迷你蝸牛卵。順著老公手指的方向，我果然看到沿著玻璃門下緣，仍有一隊蝸牛在趕路，只是不解，牠們為何任由蟲卵隊殿後？以致被我錯殺。

這次有意的殺生，令我內心十分不安。對於生命沒有渺小與偉大之分，都應該平等對待並尊重，這幾日我經歷有心與無意的殺生與傷生後，更加體認不可藐視神聖生命。我很慶幸，在我心深處，原來就潛藏著這份熱愛生物與生命的認知。

陳玉琳完稿於達拉斯

二〇〇九年十二月八日刊登於世界日報家園版

春臨德州四月天

德州的春天雖短卻很迷人，每年我都會盡情享受一番，今年較特殊；四月的第一個週末是復活節長假，我們應邀到Tyler友人家過節。

Tyler在達拉斯東南方，距我家車程約兩小時，以出產玫瑰花而聞名於全美。我問好友Hillys現在能否看到玫瑰？她說：「玫瑰還沒盛開，但我會帶妳去賞花，春季是Tyler最美的季節。」

Tyler春季之美，在我們進城之前就已感受到。車行在鄉間道路上，許多綠草地上開滿黃花，我越看越喜歡，彷彿進入江南春季的油菜花田，請老公停車讓我拍照留念。

繼續前行不久，路邊樹上掛滿的紫藤花再度令我「驚艷」，原本嬌滴滴的紫藤，隨意攀爬在樹林間，美的自然又充滿旺盛與歡愉的色彩。

到達友人家已近黃昏，與Hillys約好明天早餐後去賞花。第二天上午到達賞花地之前，我以為是在公園或花園賞花，沒想到Hillys的老公Tom將車停在一家私人住宅前，我知道美國有些私人花園是免費供人參觀的，但我從未去過，驚喜之餘，我有些躊躇不前。

Hillys是識途老馬，一下車就對我說：「Azalea（杜鵑）好美！」。我對眼前的美景有些迷惑，到玫瑰花城來欣賞杜鵑？

在達拉斯也可見到杜鵑花，多數人家的前院會種上一些。除植物園外；我還沒見過如此多姿多采的私家杜鵑。Hillys指著路標對我說：「這一帶自2003年起，已成為觀賞杜鵑的景點。」

看到紅，白，粉各色杜鵑，我想起中國古老的神話故事——「望帝啼鵑」，說給Hillys聽，她覺得很有趣。興沖沖地帶我進入這家私人花園，停在大門邊的一棵樹前。她請我仔細觀察花瓣，並問我是否知道這是什麼花？

我見到雪白花瓣成十字型，不由得想起張曉風談流蘇花，她說：「每一朵都開成輕揚上舉的十字型，——那樣簡單地交叉的四個瓣，每一瓣之間都是最規矩的九十度，有一種古樸誠懇的美。——像一部四言的詩經」

我見過流蘇花，與眼前所見的完全不同，於是向Hillys請教。她說：「這種樹叫Dogwood，十字型花瓣的兩端有小孔，傳說是耶穌被釘上十字架後，上帝不願世人再受釘十字架之苦，就將當時製做十字架的橄欖樹木變小，但花瓣成十字型；以提醒世人記住耶穌所受的苦難。」我在復活節聽到這個故事，對這種花的印象格外深刻。

詩人瘂弦說：「每一個小小現象的內核，都藏有一則宏大的神話。韻律的概念，就是花開的概念——。」用這句話來說解花與神話的關係，真是再恰當也不過了！

張曉風談流蘇花的結論是；「如果要我給那顆花樹取一個名字，我就叫它詩經，它有一樹美麗的四言。」多認識鳥獸草木之名，正是讀詩經的好處。張曉風有豐富的想像力，如果有機會，我真想請她也為這種花命名。

我們要參觀的是後花園，女主人Bonny見有客來訪，熱情的出來迎接。我向她自我介紹；我來自台灣。她很興奮的告訴我；她是退休的新聞記者，很久以前她去過香港，聽說台灣很美，她一直想去。

和女主人的寒喧剛結束，轉過身來，我發現一條鵝卵石步道，立即脫鞋踩上去，女主人說我是第一位脫掉鞋子踩上這條步道的客人。她在香港見過當地人踩在步道上健身，她試過，好痛！所以很驚訝我不怕痛。

踩完鵝卵石步道繼續參觀前，女主人告訴我們，隔壁鄰家今年也開放後花園供遊客參觀，我真是開心極啦！眼見園中一片華彩，我彷彿進入紅樓夢裡萬艷同盃的幻境中。

遠遠瞧見男主人Don（他是一位藝術家）正在修剪花圃，心中頓生敬意。這對夫婦將自己辛苦整修；精心設計的花園開放給遊客觀賞，對她（他）們的付出，我更加珍惜，小心翼翼的走在步道上，避免傷害任何一種花木。

我看到美麗的花草就拍照留念，見到不知名的花朵就請問主人，遠處一個花架，濃密的Lady Banks Rose開得興高采烈，不須綠葉陪襯，它們就已搶盡鋒頭。

在濃密的樹蔭下，我看到一間透明的溫室花房，裡面培養著各種仙人掌，足見這家主人對花木的愛好是多元化的。

走過濃密的樹蔭，我們來到鄰家花園，這家花園中的空地較少，種植的花種雖多，但都經過精心設計，花色的搭配合宜，使我想起兩句古詩：「萬樹綠低迷，一庭紅撲簌」最足以形容眼前景緻。

我與老公各自拿著相機四處拍照，園中有許多我熟悉的花木，如百合、鐵樹、中國繡球花日本紅楓、羊齒還有Pansy（三色紫羅蘭）。我最喜歡流水與岩石旁的鐵線蕨，岩石邊一株低矮的茶花樹已花開滿枝，在草坪與綠葉襯托下，花朵顯得格外潔白。偏愛紫色的我，在樹叢間發現一串不知名的紫花，像是一隻隻正在棲息的紫蝶。抬頭看到高處有個花架，爬滿了意氣風發的紫藤。園中最惹我疼愛的是一小叢紫藤，倚著石橋而生，自然垂掛溝邊，萬綠叢中的紅花，因這團紫韻而更顯靈秀。

我們兩家人在園中四處尋照各自的最愛，終於發現我們有共同的疑問要請教這家主人。我們發現有一種美麗的花兒，在陽光下顯得格外耀眼，大家都想知道這是什麼花？

這家男主人在回答完其他遊客的問話後，走過來告訴我們這種花是Lady Azalea（淑女杜鵑），他園中有粉紅與淡黃兩種，我偏愛粉紅色，它們美得含蓄真像淑女。

我們一行人在園中逛了許久，離去前我再度來到Dogwood樹花前仔細觀賞，發現一隻正在覓食的松鼠，在花葉與花瓣間的松鼠非常可愛。

剛才進來只顧著賞花，要離開時老公有重大發現叫我看，原來這家門前地上有兩塊石碑，一塊是Tyler市政府頒發的大獎牌，說明這家私人花園是Tyler歷史著名景點的界標。另一塊是美國內政部登記證，證明這棟房子建造於一九二八年，已登記為國家著名歷史景點。我看後想起剛才女主人的介紹，她說她與先生在二〇〇三年買下這棟房子時，花園已荒蕪。如今我們所見，全是他們夫婦兩人的經營成果。我知道這兩塊石碑代表著榮譽，要維持這份榮譽就要付出，我更加敬佩這對夫婦的精神。慶幸自己有機會到此一遊，我蹲下與石碑合影，只是膝蓋不聽使喚，蹲下就站不起來了。

拜別主人後，我們繼續賞花。Tyler市有許多杜鵑花街道，坐在車裡賞花，除杜鵑外我見到更多美麗的Dogwood Tree與紫藤。Dogwood Tree除開白花外，還有一種開粉紅色花，若說白花端莊高雅，這粉紅色花則別有一番清新俏麗的活潑韻味。許多人家門前的火紅色杜鵑花相當搶眼，穿梭於大街小巷間，紫藤幾乎隨處可見，許多住家門前的樹上都攀爬著紫藤。

最有趣的是；週一（四月五日）早晨，我在自家後院的榕樹頂端，發現串串紫藤。驚喜之餘，打電話對女兒說：「難道Tyler城中的紫藤昨晚和我們一起回家了嗎？」

女兒在幾週前就告訴我，四月的第二個週末她要回家，工作累了；家永遠是孩子的思念。女兒知道我最近眼睛太疲勞，陪我去植物園賞花順便野餐。

原以為是鬱金香最美的時節，卻因為前兩天的大雨，淋壞了花之嬌女，看到公園入口處東倒西歪的花兒雖有些失望。但繼續往裡走；鬱金香園中的各色花朵仍然很有看頭。

迎著徐徐和風，沿著樹蔭下的人行道緩緩前進，邊走邊賞花甚是愜意！紅、白、紫、黃、粉紅、淡紫、粉黃、橘白各色鬱金香看得我眼花撩亂，我喜歡鬱金香不僅是花美，更愛它獨立綻放的個性，可惜都在樹蔭下，現場觀賞美麗醉人，照片效果欠佳。

在一片又一片的鬱金香花海中，女兒發現一種多重花瓣的鬱金香；很特殊好漂亮！但不像常見的鬱金香單花瓣，反而像牡丹花。回家後我查考結果，果然有一種Double late Tulips（重瓣晚花群鬱金香），也稱為Paeony Flowered Tulips（牡丹花型群鬱金香）。

另一片鬱金香花色柔和多姿，淡黃與粉紅雙色搭配合宜，姿態優雅的隨風輕搖，宛如翩翩起舞的淑女。鬱金香花海的底層，還有一叢叢色彩鮮豔的Pansy（三色紫羅蘭），充滿浪漫色彩的Pansy，又名三色堇，有人稱它蝴蝶花或人臉花，我和女兒為它們取名為「米老鼠花」。

接近中午時分，穿過一片林蔭大道，我們準備到湖邊去野餐，女兒問我這是什麼樹？我說是紫薇，她問我為何如此肯定？我說紫薇樹幹無皮，走到盡頭看插在地上的牌子，果然寫的是「Crape Myrtle」，可惜是開白花的銀薇，否則夏日紫薇怒放的季節，這片景色將更可觀。

達拉斯植物園與White Rock Lake（白石湖）相連，我們在湖邊高地樹蔭下吃中餐，居高臨下，眼觀湛藍湖水與藍天白雲，耳聽輕音樂演奏，不時還可見到可愛的小娃兒自高處滾下，使女兒也回憶起住在台灣的日子。那時我常帶她去澄清湖野餐，還買了一個網狀的吊床，繫在兩顆大樹之間，她總愛躺在上面看書。

休息夠了，我們繼續觀賞植物園中其他的花木，見到串串紫花與白色繡球花，我非常喜歡，女兒說我應拍張到此一遊的紀念照。充足的雨水使園中其他花草更美艷，尤其是杜鵑，看來今年我與杜鵑花最有緣，滿園色彩艷麗的杜鵑，吸引眾多遊客。

這園中除紅、白、粉色杜鵑花外，還有黃色與橘色的花朵也十分亮麗，圍著花朵拍照的遊客絡繹不絕，我與女兒四處找尋無人的角落為花兒拍特寫，在植物園中我也發現Dogwood tree，但只有瘦小的花瓣，無論粉紅或白色；都無法與上週所見的相比，也許Tyler市的土質較適合這種樹吧！

上週末氣溫驟降，本週回暖後；我家後院的紫藤花已落盡，想必Tyler城中的紫藤花潮也已褪色。

生活中處處有美，認識美是一種幸運，珍惜美是一種福氣，我願與各位分享這份幸運與福氣。

二〇一〇年四月二十七日

國家圖書館出版品預行編目

靜墨齋文集 / 陳玉琳著.
-- 一版. -- 臺北市：秀威資訊科技, 2010. 07
面； 公分. --（語言文學類；PG0392）

BOD版
ISBN 978-986-221-513-5（平裝）

855 99010458

語言文學類 PG0392

靜墨齋文集

作　　者 / 陳玉琳
發 行 人 / 宋政坤
執行編輯 / 蔡曉雯
圖文排版 / 陳湘陵
封面設計 / 陳佩蓉
數位轉譯 / 徐真玉　沈裕閔
圖書銷售 / 林怡君
法律顧問 / 毛國樑　律師
出版印製 / 秀威資訊科技股份有限公司
台北市內湖區瑞光路583巷25號1樓
電話：02-2657-9211　傳真：02-2657-9106
E-mail：service@showwe.com.tw
經 銷 商 / 紅螞蟻圖書有限公司
台北市內湖區舊宗路二段121巷28、32號4樓
電話：02-2795-3656　傳真：02-2795-4100
http://www.e-redant.com

2010 年 7 月　BOD 一版
定價：280 元

讀　者　回　函　卡

感謝您購買本書，為提升服務品質，煩請填寫以下問卷，收到您的寶貴意見後，我們會仔細收藏記錄並回贈紀念品，謝謝！

1.您購買的書名：________________________

2.您從何得知本書的消息？

☐網路書店　☐部落格　☐資料庫搜尋　☐書訊　☐電子報　☐書店

☐平面媒體　☐ 朋友推薦　☐網站推薦 ☐其他__________

3.您對本書的評價：(請填代號　1.非常滿意 2.滿意 3.尚可 4.再改進)

封面設計____　版面編排____　內容____　文/譯筆____　價格____

4.讀完書後您覺得：

☐很有收獲　☐有收獲　☐收獲不多　☐沒收獲

5.您會推薦本書給朋友嗎？

☐會　☐不會，為什麼？________________________________

6.其他寶貴的意見：________________________________

____

____

____

讀者基本資料

姓名：__________________　年齡：______　性別：☐女 ☐男

聯絡電話：______________　E-mail：__________________

地址：____

學歷：☐高中(含)以下　☐高中　☐專科學校　☐大學

☐研究所(含)以上 ☐其他______________

職業：☐製造業 ☐金融業 ☐資訊業 ☐軍警 ☐傳播業 ☐自由業

☐服務業 ☐公務員 ☐教職　☐學生 ☐其他__________

請貼
郵票

To：114

台北市內湖區瑞光路 583 巷 25 號 1 樓

秀威資訊科技股份有限公司　　收

寄件人姓名：

寄件人地址：□□□

(請沿線對摺寄回,謝謝!)

秀威與 BOD

BOD（Books On Demand）是數位出版的大趨勢，秀威資訊率先運用 POD 數位印刷設備來生產書籍，並提供作者全程數位出版服務，致使書籍產銷零庫存，知識傳承不絕版，目前已開闢以下書系：

一、BOD 學術著作—專業論述的閱讀延伸
二、BOD 個人著作—分享生命的心路歷程
三、BOD 旅遊著作—個人深度旅遊文學創作
四、BOD 大陸學者—大陸專業學者學術出版
五、POD 獨家經銷—數位產製的代發行書籍

BOD 秀威網路書店：www.showwe.com.tw
政府出版品網路書店：www.*gov*books.com.tw

永不絕版的故事・自己寫・永不休止的音符・自己唱